엄마, 우리 여행 가자

· 이 도서의 국립중앙도서관 출판시도서목록(CIP)은 e-CIP 홈페이지(http://www.nl.go.kr/ecip)에서 이용하실 수 있습니다.
(CIP 제어번호: CIP 2010002645)

엄마, 우리 여행 가자

아들, 엄마와 함께 길을 나서다

박상준 지음

앨리스

엄마, 괜찮을 거야 _집을 떠나며

　엄마가 울고 있었다. 그저 가는 숨소리인 줄 알았던가. 잠결에 새근거리는 소리로만 여겼던가. 하지만 어쩌나. 새벽은 너무 고요하고 내 작은 단칸방에 엄마의 울음소리가 숨을 자리는 없는데. 모로 누운 엄마는 손바닥으로 입을 꽉 틀어막았지만 숨소리는 심하게 뒤척거렸다. 눈물을 참았더니 콧물이 흐르던가. 어찌할 수 없는 탄식들이 엄마의 손가락 사이로 새어나왔다. 한 번은 모르는 척했다. 모자란 아들놈의 엄마에 대한 예의. 엄마에게도 지켜주어야 할 자존심이 있겠지. 몰래 울고 있을 때는 그럴 만한 사연이 있겠지. 무심이 습관이 된 나는 그리 생각하며 엄마의 사정을 외면했다. 돌이켜보면 아주 오랫동안 그리 지나왔구나 싶다. 여자는 약하나 엄마는 강하다 했나. 감히, 누가 그랬나. 나는 왜 그리 믿고 살아왔나. 바보처럼.

　그날만은 그럴 수가 없었다. 엄마가 소리 내어 울기 시작해서. 입 밖으로 삐져나온 울음은 걷잡을 수 없는 법이다. 오랫동안 참아온 상처가 곪아 터진 것처럼 그간 안으로만 삼켜온 엄마의 눈물은 제법 긴 시간 동안 이어졌다. 나는 그제야 엄마가 '진짜' 울고 있다는 것을 알아버렸다. 돌아누운 엄마의 등을 가만가만 두드렸다. 포대기에 싸인 어린아이를 달래듯, 조심스레 어르며 엄마의 등을 토닥거렸다. 괜히 나도 같이 울 것 같아 장난치듯 말도 걸었다. 부러 놀리듯 약도 올렸다. 그러자 엄마의 울음소리가 더 커졌다. 엄마의 눈물은 그 무엇으로도 막을 수 없고 그 무엇으로도 가릴 수 없어 보였다.

"괜찮아. 괜찮아."

맥없이 지껄이면서도 도대체 뭐가 괜찮은 것인지도 몰랐다. 왜 엄마가 괜찮아야 하는 것인지도 몰랐다. 그래도 나는 엄마의 등에 대고 자꾸만 괜찮다고만 말하고 있었다.

"집에 가기 싫다."

엄마가 울음 섞인 목소리로 처음 뱉은 말이었다. 가슴이 덜컥 내려앉았다. 아, 엄마는 괜찮지 않구나. 이미 단잠은 한참 전에 달아나버렸다. 아니, 선잠이었나. 일을 끝내고 막 자리에 누웠을 때였나. 모르겠다. 그날 밤은 제대로 기억나는 일이 하나도 없다. 시간은 뒤죽박죽이고 사건도 제멋대로 뒤섞여버렸다. 엄마의 그 한마디만 내 가슴께에 멍징하게 남았다.

살면서 엄마가 우는 걸 본 적이 없었다. 엄마는 가끔씩 울었지만, 내가 못나서 종종 엄마를 울게 했지만, 그래도 엄마가 진짜 우는 걸 본 적은 없었다. 엄마는 엄마를 위해 울지 않았으니까. 집안의 사업이 실패해 단칸방으로 이사를 갔을 때도, 월세도 내지 못해 온갖 마음고생을 했을 때도, 그 단칸방에 아들이 처음 내려갔을 때도, 그리고 하나뿐인 아들이 구안괘사로 입이 돌아간 모습을 처음 봤을 때도, 엄마는 눈물을 흘렸지만 금세 웃었으니까. 늘 괜찮아질 거다, 내일이 있으니 괜찮다, 위로하던 이였으니까. 그랬던 엄마가 울고 있었다. 엄마가 엄마 때문에 울고 있었다. 훌쩍 커버린 자식 앞에서 훌쩍 지나가버린 자신의 인생 때문에 울고 있었다. 길 잃은 가출소녀처럼.

　다음 날 엄마는 집으로 돌아갔다. 아무 일 없다는 듯 긍정의 표정으로 돌아갔다. 엄마는 변한 게 없었다. 수화기 너머 엄마의 목소리는 명랑했다. 그냥 소녀처럼. 그날 일은 엄마의 기억에서 사라진 걸까. 아니, 아마 그렇지는 않을 것이다. 엄마는 미안해서, 내게 말해버린 게 미안해서, 아들의 마음을 아프게 한 게 미안해서, 아무 일 없었다는 듯 마음의 집이 아닌, 현실의 집으로 돌아간 것이다. 그리고 그냥 산다. 또 하루를 긍정하며 가끔 기도하며. 이 또한 축복이려니 하며. 바보같이.

　그날 이후 나는 조금 바뀌었다. 엄마의 슬픔을 모르지 않게 됐으니 바뀌어야 했고 그러면서 약간은 알게 됐다. 엄마도 우는구나. 엄마도 힘들었구나. 아팠겠지. 많이 아팠겠지. 얼마나 힘들었을까. 갑자기 모든 게 다 미안해졌다. 다 내 잘못인 것만 같았다. 그리고 한참 동안 '엄마의 집'을 생각했다. 엄마의 집이 어디였더라? 내가 태어났던 강원도 도계 어디쯤의 외삼촌이 살던 집일까. 아니면 외할머니가 살았다는 내 고향 풍기의 백리 어디쯤의 옛

집이었을까. 그도 아니면 아버지와 어머니가 살고 있는 스무 평 주공아파트인가. 글쎄, 그 어디도 엄마가 돌아가고 싶은 집은 아닌 것 같았다. 예순 살의 마지막 달을 보내며 "내가 살면 얼마나 더 산다고"라던 엄마가 돌아가고 싶은 집은 아닌 것 같았다. 아마 엄마도 모르겠지. 돌아가기 싫은 집이 어딘지도, 돌아가고 싶은 집이 어딘지도 모르겠지. 그냥 이제야 '진짜 집'이 그리워진 거겠지. 엄마의 집. 꿈에나 남아 있으려나. 자식 말고, 남편 말고, 그냥 희망 같고 사랑 같은 것.

엄마를 위해 내가 무얼 해줄 수 있을까 곰곰이 생각했다. 바삐 살다가도 떠오를 때마다 엄마 생각에 골몰했다. 어느 날은 호주에 있는 동생에게 전화를 걸어 물었다.

"엄마는 뭘 좋아하지?"

"글쎄, 엄마는 오빠를 좋아하지 않나?"

머쓱해져 둘이 웃었다. 동시에 우리 남매는 괜스레 엄마에게 미안했다. 엄마가 뭘 좋아하는지 모른다는 표정은, 텔레비전에 나오는 불효막심한 자식이나 짓는 건 줄 알았는데. 당신을 위해 우리가 해줄 수 있는 게 별로 없었다. 알지도 못했다. 동생과 나는 "안부 전화라도 자주 드리자"라는 다짐을 끝으로 통화를 끝냈다. 결국 아무 답도 없이. 다시 잠깐 엄마가 좋아하는 걸 생각했고, 시간이 지났고, 잊었고, 그러다 가끔씩 떠올렸다. 엄마의 집에 대해서.

그리고 알았다. 엄마에 대해 가끔씩 생각하다 알아버렸다. 늘 그렇듯 엄마에 대한 것들은, 혹은 아버지에 대한 것들은 시간이 지나야 알게 된다. 다만 그게 조금 덜 늦었기를, 돌이킬 수 없는 것만 아니기를 바랄 밖에. 별 수 없게도 나는, 내가 어찌 할 수 없다는 걸 알았다. 나는 엄마의 집을 찾아줄 수도, 지어줄 수도 없겠구나. 그것은 엄마 스스로가 아니면 할 수 없는 일이구나. 하지만 너무 많은 시간이 흘러 이제는 엄마 또한 할 수 없는 일. "우리는 다 컸으니 이젠 엄마의 인생을 살아요"라는 말이 엄마에게 얼마나 도움이 될까. 희생이 인생의 습관이 된 마당에 그런 돌연변이 같은 일이 일어날 리 만무했다. 아무리 '엄마의 인생'을 이야기해도 엄마는 주섬주섬 자식들에게 보낼 밑반찬부터 챙기겠지. '이런 게 내 인생인가' 하고는 회한에 젖다가도 다시 '이게 내 인생이지, 보람이지'라고 말하겠지. 바보 같은 엄마니까.

본디 자식이 부모에게 내주는 시간이란 부모가 자식에게 퍼준 시간과 같지 못하다. '엄마'라는 이름이 가슴 아리기는 해도 '연인'이라는 이름만큼 가슴 설레지 않으므로. 우리는 늘 설렘만을 간직하고 싶은 이기적 존재니까. 그러니 내게는 참 다행한 일이 일어난 셈이었다. 엄마가 울다니. 아이처럼 엉엉 울다니. 그래서 엄마에 대해 생각하게 됐으니 기적 같은 일이다.

우선 여행을 가기로 했다. 엄마랑 같이 여행을 떠나야지. 내가 그나마 잘하는 나의 '일'이니까. 엄마라면 출장의 길동무로 나쁘지 않겠지. 한 달에 한 번이라도, 계절마다 한 번이라도. 그도 안 되면 1년에 한 번, 단 한 시간이라도 엄마와 같이 떠나야지. 아무리 생각하고 며칠씩 고민해도 내가 할 수 있는 일은 고작, 엄마랑 같이 여행을 가는 것 정도였다. 엄마에게 잠깐의 일탈을 안기는 것. 집에 가기 싫으면 집을 떠나는 것도 방법이겠지.

동생의 말이 다시 생각났다. "엄마는 오빠를 좋아하지 않나?" 그래. 엄마는 나를 좋아하지. 남들 보기엔 한참 거리가 멀어도 당신은 아들이 미남인 줄 알지. 아들과의 여행이나 나들이가 지친 엄마의 삶을, 엄마의 한숨을 치유할 수는 없어도 작은 위로는 될 수 있겠지. 못난 나도 그쯤은 할 수 있겠지. 운이 좋으면 엄마도 몰랐던 당신의 집을 찾을 수 있겠지.

나는 운전을 못해도 엄마는 운전을 잘하니 다행이다. 나이 드신 엄마에게 운전대를 맡기는 게 미안하지 않냐고 물어도, 마냥 다행이다. 갑작스레 자신감이 생겼다. 집과 가까운 부석사부터 갈까, 죽령옛길을 걸을까. 엄마가 제천의 청풍명월에 가자 했었나. 고향에 내려가야지. 그리고 엄마에게 전화를 해야지.

"엄마, 집 앞이야, 나와요."

엄마의 길을 걷다

고향을 거닐다

엄마,
우리 여행
갈까

조금
더 멀리,
제주로

엄마의
길을
걷다

엄마는 매일 구름다리 옆 아파트를 나와 서천 둔치로 향한다.
당신과 몇 번 산책을 다녀와서 알았는데,
그건 운동이자 산책이요, 사색이며 일탈이기도 하다.
그 사실을 깨닫고서는 나는 엄마의 운동길에
못 이기는 척 동행을 자처한다.

엄마는 지치지 않고 매일 운동을 한다.
팔을 힘차게 흔들며 서천변을 씩씩하게 걷거나
간이운동기구라도 나오면 윗몸 일으키기도 해보고
사이클의 페달도 굴려본다. 트위스트 위에서 허리도 돌려보고.
사실 그런 것이 운동처럼 보이지는 않는다.
길을 걷다 신기한 사물이 나타나니 관심을 나눠줄 따름이다.

뭉뚱그려

들꽃이라거나

엄마라거나

"운농 가자."

엄마가 부른다. 나는 반쯤 감겼던 눈을 완전히 감아버린다. 새근새근 숨소리를 낼까, 드르렁드르렁 코 고는 소리를 낼까.

"자는 척하지 말고!"

역시나. 숨소리냐 코 고는 소리냐 고민할 틈도 없다. 엄마는 양말 두 짝을 휙 하고 던져준다. 우리 모자 사이의 갈등은 늘상 나는 게으르고 엄마는 부지런하다는 데서 출발한다. 이상하게도 집에만 가면 잠이 쏟아진다. 일할 때는 나를 꽉꽉 채우고 있던 에너지가 고향집 내 방에 들어서면 한여름 아이스크림처럼 녹아내리고 나는 이내 방바닥에 널브러지고 만다. 그렇게 쓰러지고선 밀린 방학 숙제하듯 잠만 잔다. 자다 일어나 엄마가 해주는 밥을 먹고 다시 잠을 자고 엄마가 깨우고 간간이 잔소리를 듣고 밥을 먹고 잠이 들고 다시 엄마가 깨우고. 모처럼 집에 와서 잠만 자느냐는 엄마의 핀잔은 나른한 자장가다. 서울의 내 집에는 없는, 엄마가 지키고 있는 고향집의 안락함 때문이려나. 엄마가 밥에 수면제를 타는지도 모를 일이다. 어느 날 잠든 나의 뱃살을 움켜쥐고서는 음흉한 미소를 지은 채 입맛을 다시며 물을 끓일지도 모르겠다.

사실 나만 이러는 건 아니다. 고향집에서는 머리 싸매고 불면과 투쟁한다던 엄마도 내가 사는 집에만 오면 편안하게 잠이 든다. 평생 낮잠 한 번 자본 적이 없다면서 서울의 내 집에만 오면 낮잠도 자고 밤잠도 깊이 든다. 물론 나는 기다렸다는 듯 "모처럼 아들 집에 와서 주무시기만 하느냐"며 복수하지만 엄마는 입을 쩍 벌린 채 코까지 골며 잔다. 드르렁드르렁! 그 소리가 참 기운차다. 그 모습을 보며 혼자 웃곤 했다. 그래, 저래야 우리 엄마지.

엄마가 울고 간 그날 이후, 고향에 자주 내려가고 집에 가면 엄마랑 나들이도 하고 여행도 좀 가야지 하고 다짐했지만, 사람이란 급작스레 바뀌는 건 아닌 모양이다. 굳게 결심을 했으나 여전히 집에 자주 내려가게 되진 않는다. 사실 안 내려간다는 게 맞는 말이기도 하고. 모처럼 집에 가더라도 문을 열고 들어서는 순간 숲속의 잠자는 공주라도 된 양 스르륵 잠의 나락으로 빠져드는 것을 어찌할까. 물론 그럴 때마다 엄마는 신데렐라의 계모라도 된 듯 양말 같은 걸 던진다. 오늘도 나는 평소대로 눈을 감은 채 몸을 반쯤 뒤집으며 한 번 더 귀찮다는 표시를 했다. 내가 너무 빨리 변하면 엄마도 당황할 거야. 아무렴 그렇고 말고.

"다른 집 아들들은~" 엄마가 자리를 털고 일어나며 푸념을 늘어놓으려 한다. 엄마의 십팔번이다. 제목은 물론 '다른 집 아들들'! 차라리 이미자의 「동백 아가씨」를 부르시지. 이웃집 아들딸은 일찍 결혼해서 아들도 낳고 딸도 낳고 잘 살았다는 전래동화 같은 후렴구가 이어지렸다. 그런데 이번만은 마음 한구석이 찔끔한다. 더는 양심이 저려 누워 있을 수가 없다. 마지못해 몸을 일으켰다. "김 여사는 지치지도 않아?"

❀

엄마는 지치지도 않는다. 동생은 '엄마는 우리가 아는 김씨 집안이 아닌 백씨 집안의 딸'이었을 거란다. 엄마의 진짜 이름은 '백만돌이'이고 영어 이름은 '에너자이저'였을 거라나. 아무튼 엄마는 매일 운동을 한다. 하루에 한 시간도 좋고 두 시간도 좋다. 그 시간을 모두 모으면 백만 스물하나나 백만 스물두 시간쯤 되려나. 일이 생겨 하루 이틀 빠질 때도 있지만 시간만 나면 늘 운동을 한다. 운동이라지만 그리 대단한 것은 못 된다. 러닝머신에서 도시의 야경을 바라보며 뜀박질을 하는 것도 아니요, 수영장에서 물살을 가르며 헤엄을 치는 것도 아니다. 집 주변의 하천이나 뒷산을 빠르게 걷는 것이 고작이다. 팔을 힘차게 흔들며 씩씩하게 걷다가 간이운동기구라도 나오면 윗몸일으키기도 해보고 사이클의 페달도 굴려본다. 트위스트 위에서 허리도 가볍게 돌려보고. 사실 그 또한 운동처럼 보이지는 않는다. 길을 걷다 신기한 사물이 나타나니 관심을 나눠줄 따름이다. 낯선 이에게 건네는 인사와 별반 다르지 않다. 엄마는 지나가는 행인과도 스스럼없이 인사를 나누곤 한다. 같이 걷던 나는 엉겁결에 고개를 숙인다.

"누구야? 잘 알아?"

"아니, 몰라."

"그런데 왜 인사해?"

"그러면 안 돼? 운동 나온 사람끼리 서로 인사하면 좋잖아."

그러다 길가의 어여쁜 꽃을 발견하면 잰걸음으로 달려가 분주한 손짓으로 나를 부른다. 꽃잎이 떨어질까 말도 없이 입 모양으로만 '빨리빨리' 한다. 말보다 손이 바쁘다. 운동 삼아 나간 산책길일 뿐인데 엄마는 호기심 많은 소녀 같다. 매일 걷는 길일 텐데 처음 본 양 꽃이나 나무에 끊임없이 관심을 보인다. 질긴 생명력으로 어디서나 만날 수 있는 꽃들인데. 이름은 몰라도 낯익은 생김새, 그래서 뭉뚱그려 들꽃이라거나 야생화라고 불리는 꽃들.

나는 꽃을 보는 틈틈이 엄마의 얼굴을 살핀다. 이 꽃의 이름도 '엄마'는 아닐까. 그도 잠시, 엄마는 다시 일어나 앞장서 걷는다. 나는 엄마의 걸음을 따라 걷는다. 내가 아이였을 때는 지금과 반대였겠지. 갓 걸음마를 배운 아기는 아장아장 첫걸음을 디디며 엄마를 앞서 걸었겠지. 시간이 지날수록 부모와 자식의 관계는 거꾸로 자라는 것일까.

"오늘은 웬일로 순순히 따라나오나?"

의문을 털지 못한 엄마가 묻는다.

"그냥."

"또 그냥? 그냥 말고 다른 말은 모르나?"

엄마는 목소리를 살짝 높이지만 잠시뿐이다. 다시 당신도 모르는 당신의 운동 친구들이 몇몇 지나간다. 서로 어깨를 비스듬히 비키며 목례를 하지만 역시나 타인들이다. 나는 그 모습이 신기해 자꾸만 뒤를 돌아본다. 사람들은 저마다 바삐 멀어져간다. 실은 어색함 때문일 게다. 나 역시 모처럼 나온 산책길이건만, 엄마와 이야기를 나누리라 결심도 했건만 막상 할 말 찾는 게 쉽지 않다. 그래도 나름 친한 모자인 줄 알았는데 말이다. 다행히 이야기하는 것을 좋아하는 엄마는 이것저것 궁금한 게 많다. 나는 그저 엄마의 물음에 대꾸하는 정도가 고작이다.

"후우~ 그래도 아들이랑 운동 나오니 좋다."

숨을 크게 들이마신 엄마가 날숨 대신 혼잣말처럼 내뱉는다.

"피곤한 아들의 단잠을 깨우니 행복해?"

"얼씨구 좋고 말고."

우리는 실없이 웃고 다시 걷는다. 엄마는 조금 행복해 보인다. 나도 그리 나쁘지는 않다. 고향 땅은 서울만큼 공기가 탁하지 않다. 상쾌한 기운이 몸속 가득 스민다. 무엇보다 엄마의 밝은 표정을 보니 마음이 놓인다. 별 것 아닐 수도 있겠구나 하는 생각이 든다. 실은 별 것 아니겠구나. 엄마를 웃게 하는 일, 엄마를 위로하는 일. 거창한 여행만이 답이 아닐 수도 있겠구나. 그저 한두 시간 가볍게 같이 걷는 것만으로도 엄마는 먼 여행을 다녀온 것처럼 행복해질 수도 있겠구나. 내가 엄마에게 무엇을 해줄 수 있을지는 변함없이 의문이지만, 의외로 할 수 있는 일들이 많다는 것을 알겠다. 이제부터 차근차근 찾아가면 될 일이다. 고작 한 시간 남짓 운동의 길동무로 나서고는 무슨 커다란 일이나 한 듯, 대단한 발견이나 한 듯 뿌듯해진다. 우선은 산책이라도 자주 할 것. 스스로에게 말해둔다.

"빨리 걸어. 그래서 운동이 되나?"

다시 앞서 걷던 엄마가 나를 재촉한다. 나는 잰걸음으로 엄마를 쫓는다. 길은 제법 길게 이어진다. 우리는 장난하듯이 킬킬 웃고 엉덩이를 실룩거리며 나란히 걷는다.

허풍쟁이
아들과
산보하기

엄마가 주로 운동을 나가는 곳은 서천 둔치다. 서천은 내 고향 영주에 있는 하천이다. 영주 시내를 바깥으로 빙 둘러 흐르는데, 서울로 치자면 한강 같은 곳이다. 그저 지방에 하나씩 있기 마련인 하천으로, 몇 해 전 정비작업을 벌이더니 제법 그럴싸한 공원이 됐다. 가흥동 서천교에서 휴천동 한정교에 이르는 4.2킬로미터의 하천변을 따라서 산책로도 조성하고 운동기구도 여기저기 설치했다. 서천교와 한정교에는 나름 색색의 조명 시설을 달아 밤의 풍경도 제법 근사하다. 둔치에는 팔각정도 있어 서천의 전경과 야경을 굽어볼 수 있다. 둔치의 길을 따라서는 벚나무를 심었다. 봄날에는 고향 사람 모두가 벚꽃놀이를 나온다. 어느 해 여름에는 강수욕 축제도 열렸던가. 고향 마을 잔치의 무대는 대부분 서천변이다.

하지만 정작 물길은 예전만 못하다. 내가 어릴 적에 서천은 수량도 많고 물살도 제법 강했다. 비가 많이 오면 서천교의 통행이 금지되고 영주로 가려는 사람들은 먼 길을 돌아가야 했다. 나는 중학교 3학년 때까지 영주 시내에서 20분 거리에 있는 풍기읍에 살았다. 어린 시절 한 달에 한 번 정도 영주 시내로 나들이를 하는데, 심형래 같은 코미디언이 주연한 영화나 이상무의 '독고탁' 같은 만화영화가 극장에 걸릴 때였다. 가게를 비워둘 수 없었던 엄마는 옆집 형이나 누나 들에게 우리 남매를 부탁했다. 영주 시내로 가는 버스에 올랐을 때의 그 설렘이라니. 많은 시간이 흘렀고 또 많은 여행지를 다녔지만 그날의 두근거림과 비교할 것은 쉬이 찾을 수가 없다. 외출에 나선 꼬마들을 가장 먼저 맞이해주는 것은 늘 서천과 서천교였다. 서천을 건넌다는 것은 비로소 영주 시내의 영역으로 들어섰음을 의미했다. 그것은 내 어린 시절의 일탈이요 모험이었다.

지금 고향집은 풍기 읍내를 떠나 영주 시내에 있다. 영주에서 뿌리를 내린 후 아버지의 사업이 흥망성쇠를 거치며 네 번째로 옮겨간 집. 부모님이 이제 슬슬 현실이라는 걸 인정하기 시작한 자그마한 아파트. 내가 사는 서울의 단칸방 전세보다도 낮은 시세지만 돈으로 계산할 수 없는 두 분의 땀방울이 빚어낸 열매다. 공교롭게도 그 집이 서천변 구름다리 바로 옆에 있다. 주방의 창밖으로는 구름다리로 넘나드는 차들의 행렬이 보인다. 내가 고향 가는 버스에 오르는 그 순간부터, 엄마는 그 창문으로 넘어오는 고속버스들을 눈여겨보고 있으리라.

엄마는 그 집을 무척 좋아한다. "풍기(교회가 있는) 가는 버스정류장도 가깝지, 서울(아들집이 있는) 가는 시외버스정류장도 바로 옆이지, 10분만 걸어가면 서천도 있고 산도 가깝지"라며, 나는 모르나 당신은 아는 행복을 자랑한다. 불과 10여 년 전만 해도 3층 빌라의 안주인이었으면서, 넓은 집에서 사모님 소리 들으며 살았으면서, 엘리베이터도 없는 스무 평 아파트가 그리도 좋을까? 때로는 그토록 돌아가기 싫은 집이었으면서. 그런 엄마의 속내는 알 듯도 하고 모를 듯도 하다.

집에서 서천 둔치까지는 걸어서 5~10분 남짓이다. 엄마는 매일 구름다리 옆 아파트를 나와 동네 골목을 걸어 서천 둔치로 향한다. 때로는 환한 달빛에 감탄하기도 하고 때로는 아파트 앞의 운동기구들이 사라졌다고 투덜거리기도 하며 매일 같은 길을 걸어 운동하러 간다. 이틀에 한 번도 가고 하루에 두 번도 간다. 30분쯤 빠른 걸음으로 뛰듯 걷다 오기도 하고 2시간쯤 부지런히 걷다가 오기도 한다. 엄마와 몇 번 운동을 하러 다녀오고 나서 알았는데, 그건 운동이기도 하고 산책이기도 하고 사색이기도 하며 일탈이기도 하다. 그 사실을 깨닫고서는 나는 엄마의 운동길에 못 이기는 척 동행을 자처한다.

엄마와의 산책은 첫걸음을 떼기 어려워 그렇지 내게도 제법 즐거운 일이다. 고향의 길을 밟으면 봄날의 밤기운을 맞이할 때처럼 들뜬다. 고향이라는

'땅'의 기운이 모락모락 피어나 코끝으로 밀려온다. 그 길을 엄마와 걷노라면 적잖은 대화가 오간다. 길의 힘이다. 아니 엄마의 힘인가? 하기야 자식과의 이야기를 싫어하는 엄마가 어디 있겠나. 그 반가움이 지나쳐 자식에게 '쓸데없는 잔소리'라는 핀잔을 듣기도 하고, 그마저도 기꺼움의 표시인 것을 자식인들 모르지 않지만, 부모가 자식을 대하는 '무조건'이란 전제 앞에 대부분의 자식은 그리도 매정하다.

나와 엄마도 마찬가지였다. 예전에는 통명스럽게 한두 마디 대꾸하거나 같은 충고가 반복되면 이내 버럭 화를 내곤 했다. 다만 근래에 들어서 그런 내 모습이 미안하고 죄스러워 엄마가 서너 마디쯤 건네면 하나쯤 실마리를 찾아 대화를 이어가려 노력한다. 그러다 보니 차차 대화가 대화다워지고 심심찮게 농담도 오가는 것이 신기하기도 하다. 물론 여전히 대화를 이끄는 건 엄마다. 같이 걷는 시간 내내 엄마는 내게 말을 건넨다. 착한 엄마는 최대한 내 비위를 맞춰가며 다채로운 화제를 꺼낸다.

이야기의 주인공은 대부분 우리 집안의 '왕애물(王愛物)'이다. 엄마는 지금의 내 나이쯤 당뇨병에 걸려 여태껏 당신의 애간장을 태우는 아버지를 그리 부른다. 왕애물에 대한 걱정과 한탄은 곧장 혼자 나이 먹고 있는 두 번째 애물인 아들과 먼 이국땅에 사는 세 번째 애물인 딸에 대한 섭섭함과 그리움으로 갈무리된다. 당신의 기쁨과 희망이요, 보람과 감사의 마음이기도 하고, 때로는 차마 남들에게 내비칠 수 없는 애물들에 대한 흉이거나 원망이기도 하다만, 결국 그 모두가 너무도 빤히 보이는 사랑이란 걸 엄마도 나도 잘 알고 있다. 잘 알기에 나는 적당히 분위기를 보아가며 맞장구를 친다.

"순천 박(朴)가들이 문제가 좀 많지?"

"그래도 니는 의성 김(金)가 피가 많이 섞여서 말귀를 좀 알아듣네."

나는 엄마 핏줄이 섞여 있어서 몹시 황송하다는 듯 말을 받는다. 이제는 내가 이야기할 차례다. 엄마와 서천 둔치를 따라 걸으며 내가 깨달은, 내가 건넬 수 있는 이야기란 무지막지한 자랑이다. 당신의 아들이 얼마나 열심히 살고 있으며, 얼마나 많은 사람들에게 인정받고 있는지, 엄마의 기대보다 얼마나 더 잘하고 있는지, 한 200배쯤 허풍을 섞어 최대한 과장되게 설명한다.

그럴 때마다 엄마는 "역시 내 아들이군"이라고 화답하지만 그 얼굴에서 '사는 게 어디 그리 쉽나'라는 눈치 빠른 아줌마의 표정을 읽을 수 있다. 그래도 우리는 무언중에 그리 믿자며 대화를 이어간다. 길을 걸으며, 예전보다 조금 더 많은 이야기를 나누며 나도 조금은 엄마의 얼굴을 읽을 수 있게 됐다. 곱씹어 돌아보면 우리가 서로에게 건네는 말들은 절반은 과장이요, 절반은 엄살이다. 그게 서로의 등을 다독이는 하나의 위안이다. 가끔 나는 맘속으로 슬쩍 고백을 건네기도 한다.

'엄마야, 허풍이나마 아들 믿고 기대고 건강하게 살아줘.'

엄마를
지키는 이는
엄마

저녁을 먹고 나와 한 시간쯤 걸었을까. 해가 완전히 넘어간 하늘엔 말쑥한 어둠만이 남아 있다.

"카메라 안 가지고 왔지?"

평소보다 멀리 가자던 엄마가 둔치 한쪽의 한옥을 가리킨다.

"새로 생겼어."

심 판서 고택이라 적혀 있다. 서천변의 옛 한옥을 복원한 듯했다. 엄마는 아들이 하는 일에 이제 조금은 자부심을 갖는 것 같다. 아는 것과 이해하는 것 그리고 응원하는 것은 다를 테지만, 10년의 세월은 이제 엄마의 마음도, 아버지의 마음도 완전히 돌려놓았다. 처음 잡지사 일을 한다고 했을 때 잠깐 하고 말겠지 했고, 3년쯤 지났을 때는 아들의 일을 알고서 마음을 돌이키려 했고, 6년쯤 지났을 때는 어쩔 수 없이 이해하는 것 같더니, 10년쯤 되니 이제는 가끔씩 이처럼 응원의 메시지도 보낸다. 부모 눈에는 환갑 지난 자식도 아이인지라, 여전히 자주 밤을 새우는 아들의 불규칙한 생활에 대해 걱정하지만, 엄마는 내가 고향에 올 때마다 매번 무엇이 새로 생겼다거나, 또는 어디를 다녀왔더니 무엇이 좋았더라며 여행 정보에 보탬이 될 말을 꺼낸다.

"내일 와서 사진 찍고, 글 써."

나의 일상을 너무 과장되게 말한 탓일까. 엄마는 내가 원하면 어디에고 여행에 관한 글과 사진을 실을 수 있다고 여기나 보다. 그럴 때마다 나는 "그러지요"라고 한다. 아마도 내 마음에 싣게 되겠지.

엄마와 천천히 한옥 주위를 둘러본다. 비석에 새겨진 문구 하나도 꼼꼼하게 읽어본다. 둔치 아래쪽으로 이어진 길목으로 시선이 옮겨간다. 낯익은 골목이다. 세월이 흘러 새로운 풍경이 반듯하게 덧씌워졌지만, 골목의 한 귀퉁이를 차지했던 비디오가게나 만화방의 위치는 아직 기억에서 지워지지 않은 채 옛날의 흔적으로 남아 있다. 친구들의 얼굴이 하나둘 떠오른다. 서천 둔치는 엄마가 운동하러 가는 길이기도 하지만 내 학창 시절의 추억이 알알이 숨어 있는 길이다.

서천 둔치를 따라 얼마간 더 내려가면 내가 졸업한 고등학교가 있다. 나름 지역의 명문이었던지라 주변의 읍이나 면에서 유학 온 친구들이 많았다. 학교 앞 서천 인근에 유독 집중됐던 비좁은 그들의 자취방은 우리의 아지트였다. 야간 자율학습을 땡땡이친 녀석들이 하나 둘 모여들었고 약속한 시간이 되면 금단의 영역을 넘나들었던가. 십시일반 용돈을 모아서 비디오데크가 달린 텔레비전을 사고 몇 편의 비디오를 빌려서는 눈이 빨개지도록 그 너머의 욕망을 탐냈던 시절. 어둠이 눅눅하게 내려앉은 서천의 모래밭이나 둑길에서 엄마가 싸준 도시락 반찬을 안주 삼아 소주를 홀짝거리기도 했다. 입시의 압박 아래 무료하기 짝이 없는 일상을 한탄했고 무언지 모를 울분을 토해냈던 것도 같다. 탈선으로 규정짓기에는 그때 우리가 나눈 고백은 제법 진실했다. 고단한 학창 생활의 해방구 같았던 서천 둔치를 십수 년이 지나 엄마와 다시 걸을 줄이야. 엄마는 아들의 일탈을 알기나 할까?

"두규, 병천이 알지?"

그 시절을 함께 보낸, 엄마도 기억하는 내 친구들의 이름을 꺼내본다.

"두규는 계속 만나나? 병찬이는 요즘 뭐하나?"

엄마는 내 이야기에 귀를 쫑긋 세우고는 답한다. 오랜만에 아들 입에서 나온 친구 이름이 반가운 모양이다. 하지만 이번에도 어김없이 실수를 한다. 초등학교 친구인 두규는 두규라 부르지만 고등학교 친구인 병천이는 늘 병찬이라 부른다. 몇 번을 다시 가르쳐주어도 "맞다, 그랬지" 하며 기억을 번복하지만 쉬이 바뀌지 않는다. 엄마에게는 알고서도 바꿀 수 없는 것들이 늘어간다. 그것이 내 친구의 이름만은 아니겠지. 문득 굳은살처럼 딱딱하게 뿌리

박힌 엄마의 삶도 그러하지 않을까 싶다. 그래도 두규는 두규로 기억하니 다행일 밖에.

"여기 걔네 자취방이 있어서 자율학습 땡땡이치고 많이 놀았는데."

우리들만의 은밀한 사건은 숨겨둔 채 그저 아련한 기억만 살짝 끄집어낸다. 엄마는 그마저도 반가웠나. 새로운 풍경인 양 골목 너머와 서천 둔치 일대를 고루 살핀다. 학창 시절이었다면 공부 안 하고 나쁜 짓한다며 득달같이 화를 냈겠지. 지금은 아들의 추억, 어린 시절을 함께 공유하려 눈을 밝힌다. 어느새 나도 엄마도 나이를 먹었다.

"그래도 너랑 혜영이는 큰 사고 안 치고 잘 자라줘서 늘 고마워."

골목 어귀를 살피던 엄마가 무심히 말한다. 엄마들은 참 못된 재주를 가졌다. '고맙다'는 말 한마디로 자식들의 고해성사를 더 큰 죄로 만든다. 아마도 당신 자식의 사고는 쉬이 잊어버리고 남의 자식의 사고는 과장되게 기억해 자식의 무죄를 입증하려는 것은 아닐까. 어쩌면 그것만은 알면서도 바꾸지 못하는 기억이 아니라 알면서도 바꾸지 않는 기억이리라.

"운동 나오니까 좋다."

나는 화제를 돌린다. 이상하게도 엄마와 마주하면 외면하고 싶은 것들이 많아진다.

"운동 나오면 얼마나 좋은지 알아? 공기도 좋고 몸도 건강해지고."

아는지 모르는지 엄마는 금세 새로운 이야기에 빠져든다. 빨리 잊고 빨리 떨쳐버리기. 이 또한 엄마가 지난 시간들을 이겨낸 비결이리라.

"만져봐. 밖에 나가면 다들 몸짱이라고 그래."

엄마가 뜬금없이 소매를 걷어 올리고 보디빌더의 자세를 취한다. 아들 앞에서 근육 자랑이다. 환갑이 가까운 당신의 팔뚝은 의외로 단단하다. 정말 몸짱 아줌마 소리 꽤나 듣겠다.

"그 정도가 몸짱이면 물렁살도 근육이겠다."

괜히 퉁명스럽게 대꾸한다. 나는 엄마와 달리 게으르다. 고작 산책 나가는 것에도 한참 걸린다. 엄마 말처럼 '양말이 코에 걸리기 전'에는 절대 일어날 생각을 않는다. 그러니 매일의 운동은 노동의 다른 이름이다.

"너도 운동 좀 해야 해. 만날 컴퓨터만 들여다보고 있지 말고. 그러다 또 아프면 어떡해. 엄마도 운동 나오려면 귀찮을 때 많아. 그런데 그래야 건강하니까 나온다. 아버지 늘 편찮으시지, 너는 일 한다고 매일 밤 새우지. 딸내미는 호주에 있고. 그러니까 내가 아프면 안 되잖아. 그럼 누가 돌보나. 니들 걱정 안 시키려면 알아서 운동도 열심히 하고 건강해야지."

나는 화제를 돌리고 싶고 외면하고 싶을 뿐 달리 할 말이 없다. 엄마는 스스로를 지킨다. 자신을 지키는 게 남편을 지키고 아들과 딸을 지키는 것이란 걸 누구보다 잘 안다. 과로와 스트레스로 심하게 앓은 적이 있는 나는 알면서도 그게 잘 안 된다.

"걱정 마. 내 몸은 내가 알아서 챙겨."

"만날 말로만."

더 지나치면 잔소리가 된다는 걸 알고 있나. 모처럼 아들과 걷는 길에 목소리 높일 일은 만들지 말아야지 싶었나. 엄마도 더는 다그치지 않는다.

⁘

밤의 서천은 잔잔하게 흐른다. 하늘에는 듬성듬성 별들도 떠 있다. 개구리나 귀뚜라미 울음소리도 기다려본다만 아직은 저만치 흘러가는 물소리만 졸졸거린다.

'그래도 너만은 변함이 없구나. 옛날에도 그랬는데. 친구들이랑 놀 때도 그랬는데. 말없이 우리 이야기를 들어주었는데. 강물에 매일 힘찬 돌팔매질을 했는데. 그 돌들은 지금쯤 어디까지 흘러갔을까. 이제는 네가 엄마의 가장 큰 위안이고 제일 좋은 동무로구나.'

서천에게 슬며시 고마움을 건넨다. 다시 엄마가 두 팔을 직각으로 들어 올리며 씩씩하게 앞서 걷는다. 가로등 아래 그림자가 길게 늘어지다가 조금씩 멀어진다. 밤의 서천 둔치에는 사람들이 참 많다. 마라토너처럼 달리는 사람, 경보선수처럼 빠른 걸음으로 걷는 사람, 한가로이 강아지와 함께 산책을 즐기는 사람, 정다운 모녀, 손을 맞잡고 걷는 노부부 등 제각기 밤의 자유를 누리고 있다.

모처럼 아들과 함께 나온 엄마는 저만치 무리 가운데로 빠르게 걷고 있다.

젊은 내가 따라가기에 힘에 부칠 만큼 잘도 걷는다. 엄마는 늘 그렇게 걷는다. 저렇게 견디는가 보다. 빡빡한 생활에서 용케도 스스로의 위안을 찾는 것이다. 문득, 산티아고가 떠오른다. 에스파냐의 카미노 데 산티아고(Camino de Santiago). 성 야고보의 에스파냐 이름이 붙어 있는 순례의 길. 언제부턴가 많은 여행자들이 주술에 걸린 것처럼 산티아고 열병에 시달렸다. 그들은 스스로의 성찰을 위해, 마음의 짐을 덜어내려, 혹은 진정한 자신을 찾아 그곳으로 떠났다. 그 절절한 고백들은 남은 사람들에게 산티아고를 그리게 했던가.

엄마에게는 4킬로미터 남짓한 서천 둔치가 산티아고 같은 길이리라. 야고보는 알아도 머나먼 이국 땅의 순례길을 알 리 없는 아줌마에게는, 집 앞의 둔치를 걸으며 고향의 달빛을 품는 일이 순례길이었겠구나. 그리하여 지금도 또 저만치 앞서서 씩씩하게 걸어가는구나. 순례자처럼.

아들,
철새
보러 가자

　어느 오후, 이불을 덮고 발가락을 꼼지락거리며 보일러의 온기를 느끼고 있었다. 고향집은 외풍이 심하다. 책장을 넘기노라면 손가락 끝이 시리다. 아들이 내려왔다고 보일러를 한껏 높였건만 한창 기승인 겨울 추위를 이기기에는 역부족이다. 이런 계절에도 엄마는 기다렸다는 듯 운동 이야기부터 꺼낸다. 처음에는 그저 산책의 동반자였지만, 그도 반복이 되자 이참에 아들의 게으른 습성을 고쳐보겠다는 의지가 결연하다.

　"집에 왔을 때라도 운동 좀 해라."

　겉으로는 그리 말하지만 내심 아들과 길을 걸으며 나누는 이야기가 즐거운 것도 있으리라. 오늘도 미뤄둔 숙제를 하듯 남들에겐 털어놓지 못하는 애물들의 밉살스러움을 토로하려나. 누구보다 엄마의 마음을 잘 알지만 매번 갈등이 인다. 더구나 한겨울 매서운 추위에는, 보일러 앞에 효자 없는 법이다.

"어, 다녀와."

그냥 버텨볼 요량으로 답한다. 한두 번 더 권하면 못 이긴 척 따라나서야지. 한두 번 더 권하면! 마음 깊은 곳에서 갈등을 잠재우고 착한 아들 흉내라도 내보려 하지만 아직은 천사아들보다 악마아들이 우세하다.

"알았어. 혼자 갔다 올게."

이번에는 악마엄마 대신 천사엄마가 나타났다. 엄마가 선뜻 혼자 문을 열고 나설 채비를 한다. 뜻밖이다. 조금 미안해진다. 하지만 곧 체념하고 보일러와 완전한 타협을 이룬다.

"참, 서천에 철새가 날아들더라."

엄마가 문을 나서며 한마디를 남긴다. 악마 같은 엄마!

엄마에게 새들의 군무 이야기를 했던가. 철새들의 날갯짓에 대한 관심을 말했던가. 지난 가을 어느 산책에선가 나는 일 이야기를 하다가 이번에는 철새를 보러 갈 거라고 했던 것 같다. 철원 천통리(샘통)에는 겨울 철새들이 쉬었다 간다. 철원평야는 겨울에도 따뜻한 물이 나고 먹이를 쉽게 구할 수 있어 철새들이 한철 나기에 좋은 곳이다. 귀한 새인 두루미와 재두루미도 있다. 가창오리의 군무는 군산의 금강호가 일품이다. 큰고니, 개리, 기러기 등 수십만 마리의 철새가 찾아든다. 따로 다리품 팔 것도 없이 철새 조망대에서 그 장엄한 날갯짓을 볼 수 있다. 천수만과 을숙도도 좋다. 지난 가을 내내 모아두었던 자료들 이야기를 슬며시 엄마와의 대화 틈에 끼워 넣었던 모양이다.

아무튼 나는 그때 얼마간 철새들이 무척 보고 싶었다. 하늘을 나는 새들의 유려한 날갯짓이 신기하고 경이롭기도 했지만, 그 못지않게 어떤 이유인지 알 수 없는 그리움이 절절했고 날아가는 철새들에 그 비밀이 담겨 있을 것만 같았다. 물론 겨울이 깊어지도록 철새를 만나러 떠나지는 못했다. 무슨 특별한 일이 있었다기보다 천성이 게으르니 차일피일 미뤘을 것이고, 때마침 기회가 됐을 때는 또 뭔가 다른 일이 생겼을 것이다. 우물쭈물하다 지나쳐버리는 삶의 비경들이 어디 한둘이던가. 그런데 엄마는 그 말을 기억하고 있었던 모양이다.

"거짓말, 진짜?"

나는 반신반의하며 몸을 일으키고 엄마를 불러 세웠다. 서천변에 철새가 날아들 리 만무했다. 한강도 아닌 것이, 잘 꾸며진 생태공원도 아닌 것이.

"믿거나 말거나. 카메라 챙기거나 말거나."

속거나 말거나, 나는 엄마의 말에 홀딱 넘어가버렸다. 그녀는 내 얄팍한 속내를 너무나 잘 알아챈다. 역시 아들 다루는 데는 엄마다.

"좀 따뜻하게 입고 나오지."

엄마가 당신의 목도리를 내 목에 둘러준다.

"김 여사나 하셔."

나는 말뿐이다. 그냥 건네는 대로 받고 있다. 시간이 지나고 나이가 들면서 깨닫게 된 것 중 하나가 가끔 엄마가 주는 대로 가만히 받는 것도 효도라는 거다. 사랑을 받을 줄 아는 사람이 사랑을 줄 수 있다는 말을 이해하고 나면 받는 사랑이 이기적인 것만은 아니란 걸 알게 된다. 물론 부모와 자식 사이에는 이 주고받기 공식이 자주 어그러진다. 주는 것은 알아도 받을 줄 모르는 게 부모의 사랑법이다. 그래도 나는 당신들이 주는 족족 받는다. 당신 몸보다 마음 따뜻한 게 나을 테니까. 아무렴, 하나라도 잘하는 게 어딘가.

"자, 이것도 껴."

어느새 장갑까지 챙겨 나온다. 나는 갑갑해서 좀처럼 장갑을 끼지 않는다. 엄마는 그런 내가 또 못마땅하다. 선물 들어온 걸 챙겨놓았다며 가져가 끼란다. '새것'이란다. 장갑에서 포장지를 갓 벗겨낸 새 물건 특유의 냄새가 난다. 나는 말없이 장갑을 낀다. 다시 벗어놓더라도 당신이 보는 앞에서는 시늉이라도 할 것. 이 소소한 소통을 깨닫는 데 무려 30여 년이나 걸렸다니. 이래서 '바보 같은 자식'이라는 말이 생겼나. 엄마는 임무를 완료한 군인처럼 금세 의기양양하다. 이럴 때는 환갑이 다 된 당신이 조금 귀엽다.

"사진 찍는 사람이 어째 장갑도 없이 다니냐."

엄마는 사진 찍는 것도 내 일이려니 한다. 나는 글을 쓰고 때때로 사진을 찍는 것이라고 말해도, 글 쓰는 건 일이지만 사진은 취미일 뿐이라 말해도, 엄마는 굳이 구분을 두지 않는다. 내가 쓰는 카메라도 전문가용이 아닌 그저 보급용 모델임을 알아 달라 할 수도 없다. 엄마 눈에는 전문 사진가들의 덩치 큰 카메라처럼 보일 테니.

엄마가 앞장서 걷는다. 평소에 가던 서천의 반대편인 북쪽 상류다. 서천교 너머 순흥 방면으로 향하는 하천가다. 서천정비사업에 포함되지 않아 사람의 손길도 덜하고, 발길도 뜸한 구간이다. 우리는 횡단보도를 건너 서천변 산책 길로 접어들었다. 초록을 털어낸 겨울 땅은 변함없이 황토 빛을 머금은 상태다. 그 곁으로 길이 나고 또 그 곁으로 물이 흐른다. 조금은 투박하니 물의 흐름도 좀 더 자연스럽다. 물가로는 얼음이 꽁꽁 얼었다. 물길 따라 길어가면 내 유년 시절의 추억이 가득한 풍기읍의 남원천도 나오고 삼가천도 나오겠지. 삼가댐에서 낚싯대를 드리웠던 기억도 난다. 지금은 오토캠핑장이 들어섰다는 소식을 서울 사는 친구에게 들었다. 너무 무심했나. 아니면 추억이 지워질까 두려웠나. 잠깐 유년의 시간들이 스친다.

엄마와 나란히 10분쯤 물길을 거슬러 걸었을까. 곧 물막이 콘크리트가 나온다. 물길이 한 번 숨을 참았다 흘러내린다. 물막이 주변으로는 까만 점들이 무리를 이루고 있다. 여린 움직임이 느껴진다.

"저기야, 철새들. 거짓말 아니지?"

청둥오리 떼다. 잔뜩 몸을 웅크린 녀석들은 무리를 이뤄 겨울을 나고 있었다. 우리나라에서 가장 흔히 볼 수 있는 겨울철새라지만 고향 서천에서 보게 될 줄이야. 하기야 이 땅 어디에서 겨울철 청둥오리가 생경할까. 오랜 타향 생활이 정작 고향을 낯설게 만든 탓이리라. 그러고 보면 서울의 한강변보다 영주의 서천변이 더 청정한 것을. 자연 그대로인 것을. 한강에도 날아드는 철새가 서천이라고 없을 이유가 없다. 탓할 게 있다면 서천을 우습게 여긴 내 무지뿐이다. 녀석들은 아마도 오래전부터 서천에서 겨울을 났을 것이다. 내가 영주에 살던 때에도 다녀갔겠지. 다만 내가 모르고 지났을 뿐이겠지. 또 나만 몰랐구나. 새삼 가깝고 오래된 것에 대한 무심함은 변명할 길이 없 다는 것을 알겠다.

"사진 잘 찍고 있어, 응?"

엄마는 아기를 어르듯 말하고는 곧 산책길을 따라 걷는다. 나는 엄마와의 산책에 종종 카메라를 들고 나온다. 고향의 소소한 풍경을 담아볼까 하는 욕심에서다. 시시각각 변하는 고향의 전경이 신기하기도 하고 한편으로는 추억이 사라지는 듯해 아쉽기도 했다. 그래서 고향 땅과 다시 눈을 맞춰야겠다는 생각이 들었다. 서천의 청둥오리도 그런 가르침 중 하나다. 엄마와의 산책이 준 또 다른 선물인 셈이다.

보통 내가 사진을 찍기 시작하면 엄마는 할 일이 없다. 그 일도 몇 번 겪고 나니 엄마는 엄마대로 노하우를 터득했다. 주변을 혼자 산책한다거나 강가에서 잘생긴 돌들을 찾거나 어여쁜 꽃들을 감상하거나. 나는 엄마를 위해 산책이나 운동을 나서고 대화의 소재를 찾지만, 엄마도 엄마 나름대로 나와의 소통법을 찾는 것이다. 이 짧은 시간에도 서로를 배려하는 규칙이 생겨난다.

⋮

청둥오리 떼를 찍어본다. 셔터 소리에 가끔 한두 마리가 고개를 들고 반짝이는 청록의 목덜미를 뽐낸다만 크게 동요하지는 않는다. 나는 먼발치서 그네들의 휴식을 깨울까 조심스럽게 셔터를 누른다. 얼마나 그리 있었을까. 어느새 혼자만의 산책을 끝낸 엄마가 곁에 와 선다.

"왜 인 닐까. 저번엔 막 날고 그랬는데."

"괜찮아. 그냥 저 풍경도 좋아."

엄마는 못내 아쉬워한다. 서천의 철새 떼가 거짓이 아님은 증명했지만 이왕이면 철새의 군무도 보여주고 싶은가 보다.

"야아~ 훠이~ 훠이~"

엄마가 욕심을 낸다. 목청을 높여보지만 청둥오리 떼는 묵묵부답 요동이 없다.

"내버려둬. 쉬고 싶나 봐."

"저번에는 날아다녔는데…."

가만히 있는 새들이 얄미웠는지 엄마는 기어이 고집을 부린다. 작은 돌멩이 하나를 집어 들더니 곧장 돌팔매질이다.

"왜 그래. 하지 마!"

나도 모르게 짜증을 부린다. 자연스레 인상도 썼겠지. 목소리도 높아졌고. 다음 순간 바로 미안해지고, 엄마도 슬며시 돌멩이를 내려놓는다.

"안 던졌어. 흉내만 냈지."

엄마는 새침한 표정을 짓더니 손짓만으로 한두 번 더 시위하듯 헛돌팔매질을 한다.

"어휴, 바보 같은 것들."

청둥오리 떼에게인지, 나에게인지 알 듯 모를 듯한 엄마의 혼잣말. 그 말이 급하게 삼킨 음식처럼 맘 한구석에 탁 걸린다. 엄마 맘을 모르지 않으면서, 조곤조곤 이야기하면 될 것을. 세상 사람 모두에게 친절하기보다 엄마 한 사람에게 친절하기가 이리도 힘들까. 다른 사람들에게는 과할 만큼 너그럽지만 당신에겐 늘 이리도 모질고 만다. 사람들은 이런 나를 알까. 그들 또한 나처럼 굴까. 남들은 어쩌다 한 번이라도 보기 힘든 내 모습을 엄마는 이리도 자주 만난다.

"건너편에 가보자. 저쪽이 새들하고 훨씬 가까워."

늘 그렇듯 엄마가 먼저 화해를 청한다. 언제나 그렇듯 자식은 도도하다. 화해는 해도 자존심은 굽히지 않는다.

"너무 멀지 않아?"

"서천교만 건너면 되는데 뭐. 금방 가."

우리는 왔던 길을 거슬러 걷는다. 물길이 나란히 흘러간다. 둘 다 말수가 줄었다. 조금은 어색하기도 하다. 나는 쓸데없이 카메라를 들고는 아무 풍경이나 찍는다. 그나마 셔터 소리가 정적을 지운다. 채 5분이나 걸었을까. 올 때는 보지 못한 다른 청둥오리 떼가 보인다. 녀석들은 갈대숲에 몸을 숨기고 있었다. 조금 더 걸으니 산책로에서 갈대밭으로 향하는 샛길이 이어진다. 엄마와 나는 의미심장하게 눈을 맞춘다. 좀 전의 일은 이미 잊었다. 나는 카메라를 든 채 도둑고양이처럼 조심스레 샛길로 접어든다. 뒤를 돌아보니 혼자 남겨진 엄마가 더 안쪽으로 들어가라 손짓한다.

다시 한두 걸음 더 내딛는다. 청둥오리들이 경계하지 않을 만큼만 가야지 하면서도 한 걸음 한 걸음 욕심이 생긴다. 뷰파인더를 들여다보니 훨씬 가까워졌다. 나는 녀석들 몰래 셔터를 누른다. 샬칵, 샬칵. 공기를 써는 차가운 소리가 고요히 부유한다. 청둥오리 한 마리가 고개를 든다. 머리 끝이 청록빛으로 반짝인다. 첨병인가. 녀석이 물길을 가로지르며 살금살금 움직이기 시작한다. 무리 주변을 따라 한 바퀴쯤 돌았나, 갑작스레 '삣삣' 하는 소리가 들린다. 심상치 않은 기운들. 울음소리는 곧장 전염병처럼 퍼져나간다. 그러더니 갈대밭 너머로 후두둑 하는 날갯짓 소리가 들린다.

후두둑, 후두둑, 툭툭, 투두둑. 청둥오리 떼가 요동친다. 족히 100여 마리에 달하는 무리가 강물을 박찬다. 물갈퀴가 세차게 발버둥치는 소리, 다급하게 첨벙대는 소리가 하나로 모이더니 청둥오리들이 힘차게 날아오른다. 앞선

놈의 꽁무니를 곧장 다른 놈이 따라 물고 그렇게 꼬리에 꼬리를 문 청둥오리 무리가 눈앞을 가득 메운다.

장관이다. 철원 샘통도 아니고, 군산의 금강호도 아니고 천수만이나 을숙도도 아닌데. 내 고향 서천의 물가일 뿐인데. 수십 종 수십만 마리의 군무도 아니고 그저 100여 마리에 불과한 청둥오리 떼지만 감동이 일었다. 엄마가 뒤에서 나와 함께 이 광경을 본다는 것이 무척이나 신이 났다. 나는 뒤늦게 카메라를 들고는 연신 셔터를 눌렀다. 샬칵, 샬칵. 다시 풍경의 본을 뜨는 소리. 그리고 조금씩 멀어지는 날갯짓들.

청둥오리 떼는 서천의 하늘을 크게 한 바퀴 도는 듯하더니 상류로 날아갔다. 학익진을 그렸던가. 모르겠다. 녀석들은 그들의 길을 갔다. 짙은 어둠이 푸른 하늘에 걸렸다. 솔직히 말하면 녀석들의 쉼을 방해한 것이 별로 미안하지 않았다. 외려 미안하지 않은 마음이 조금 미안했을 뿐.

뒤편에 남겨진 엄마는 여전히 "와~" 하는 입 모양을 하고 있다. 나는 카메라를 내리고 렌즈 대신, 청둥오리 대신 엄마와 눈을 맞췄다. 엄마가 흐뭇하게 웃는다. 숙제 검사를 받는 초등학생처럼 카메라를 높이 들어보였다. 엄마도 따라서 손을 흔든다. 날갯짓하듯.

라디오 친구는
당신의 마음을
알까?

  우리 집의 설날은 적적하다. 원래도 붐비는 집은 아니었지만 할머니가 돌아가시고 나니 이제는 명절이 와도 식구들만 모여 단출하기 그지없다. 그래도 동생이 있을 때는 제법 시끄럽고 한층 활기찼다. 동생은 아버지와 엄마 사이를 오가며 끊임없이 웃음꽃을 피워내는 재주가 있다. 그럴 때면 역시 무뚝뚝한 아들보다는 다정다감한 딸이 낫다는 것을 실감한다.

  설날 아침, 먼 땅에 있는 동생의 전화가 오면 집안은 잠깐 동안 들썩이고 이내 잠잠해진다. 엄마는 그 정적을 모른 척하고 부엌을 드나든다. 괜한 소란이라도 피워내려 혼자 동분서주한다. 이날만은 엄마의 잔소리도 자취를 감춘다. 그럴수록 일찌감치 결혼해 손주라도 안겨드렸으면 좋았을 텐데 하는 후회가 깊다. 그래서 나도 선심 쓰듯 말을 건다.

  "김 여사, 우리 점심 먹고 운동 가자."

엄마가 뜻밖의 제안에 놀랐는지 혼잣말처럼 답한다.

"쟤가 못 먹을 걸 먹었나?"

"엄마가 해준 떡국과 나이를 먹었지."

갑자기 엄마가 자랑처럼 무언가를 꺼내 보인다. 당신이 남몰래 숨겨둔 보물처럼 소중하게 다루는 그것은 소형 트랜지스터 라디오다. 엄마는 저런 골동품을 어디서 찾아냈을까? 내 호기심을 눈치챘는지 슬쩍 웃으며 말을 건다.

"얼마 줬을 것 같나?"

가격을 맞춰보란다. 생각보다 저렴하게 샀다는 이야기렷다. 이럴 때는 살짝 약을 올리는 게 재미있다. 그럼 티격태격 대화가 길어진다.

"오천 원?"

나는 가격을 한껏 낮추곤 그것도 인심 썼다는 투로 답한다. 엄마의 얼굴에서 웃음기가 사라진다.

"야, 똑바로 다시 봐."

"좋다. 만 원 준다."

"만 원 줄게 사와 봐. 이만 오천 원 줬어. 싸지? 아버지한테는 그냥 얻었다고 그랬어."

어느새 엄마는 환하게 웃고 있다. 나는 마지못한 척 라디오에 관심을 보인다. 내게 부탁하면 이것보다 작고 좋은 걸 사다 줄 수 있는데. 라디오가 필요하면 말하지. 엄마는 좀처럼 무언가를 사달라고 하지 않는다. 라디오는 시중의 전자제품 매장에서는 잘 볼 수 없는 물건이다. 아마도 중국제를 대량으로 수입해 시장 한쪽에서 좌판을 열고 파는 것을 샀을 것이다. 당신이 큰돈 주고 살 일은 없으니 저렴한 맛에 샀겠지. 나는 힐끗 라디오를 살펴보는 척한다. 측면의 다이얼로 주파수를 잡는데 너무 헐겁다. 예민하게 손가락의 감각을 세워야 한다. 조금만 힘을 주면 주파수가 후루룩 넘어간다. 애써 주파수를 잡으면 하나뿐인 스피커에서 소리가 나오는데 그마저도 안테나를 세우지 않으면 잡음이 심하다. 내 가방 안에는 10여 만 원을 주고 산 MP3 플레이어가 있다. '최신형'이 어쩐지 미안하다.

"에이 빌로야. 김 여사 바가지 쓴 거야."

나는 라디오가 가진 실제의 가치와 무관하게 또 농을 친다. 엄마는 점심이나 먹고 나가자며 자리를 털고 일어선다. 라디오를 한손에 꼭 쥔 채다. 그러고는 그런 아들이 밉살스러웠나, 한마디 툭 하고 던진다.

"이게 요즘 내 낙이다. 라디오가 열 자식보다 낫더라."

하기야 가뭄에 콩 나듯 전화하는 아들이나, 사흘 건너 전화하지만 보고 싶을 때 얼굴 보기 힘든 딸보다 원할 때 꺼내 들을 수 있고 끊임없이 말을 건네는 라디오가 효자다.

"어허, 자식 팔아 라디오 샀다고 소문낸다."

나는 또 공연한 억지를 부린다. 미안하니까. 부엌으로 간 엄마는 냉장고 위에 라디오를 켜두고는 상 차릴 준비를 한다. 제법 콧노래도 흥얼거린다.

적적한 명절이라도 오랜만에 보는 아들에 대한 반가움인지 라디오가 주는 작은 행복 때문인지 잘 모르겠다. 라디오의 잡음 섞인 소리를 뒤로하고 방으로 들어가 아버지 곁에 나란히 누웠다.

"네 엄마 왜 저러냐. 라디오 때문에 시끄러워 죽겠다. 글쎄 운동 갈 때도 들고 나가. 뭐가 그리 좋은지."

누워서 TV를 보던 아버지가 불평을 한다. 엄마는 라디오를 몸의 일부처럼 지니고 다니는 듯했다. 그런데 신기하게도 아버지는 그 '소음'을 듣고만 있다. 뭐라 산통 깨는 소리를 던질 만도 한데 왠지 아버지답지 않다. 말은 안 해도 저 작은 물건이 엄마의 숨통임을 아버지도 아는 걸까. 두 남자는 이불을 덮은 채 TV를 보고 엄마는 부엌에서 라디오를 듣는다. 방에서는 TV가 옹알거리고 주방에서는 라디오가 지지거린다. 아버지와 나는 말이 없다. 나는 라디오 소리를 듣고 있었다만 아버지는 뭘 듣고 있었는지 모르겠다.

"어? 그쪽이 아니잖아."

오후 늦게 나선 산책길, 엄마가 평소 걷던 길을 벗어나 앞서간다. 서천교 맞은편의 서천폭포를 지나 철탄산으로 접어드는 길이다. 겨울의 인공폭포는 잠시 물이 멎었다. 가흥동 쪽으로 난 자그마한 다리 아래로는 철도가 지난다. 다리 위에 서니 철탄산 성재를 뚫고 지나는 굴이 보인다. 신기하고 낯선 풍경이다. 집 가까운 곳에 모르는 풍경들이 여전히 많다.

"잔말 말고 따라와."

늘 그렇듯 엄마가 앞장서 걷는다. 서천폭포를 지나 산길을 오른다. 몇 걸음 오르지 않아 쉼터 삼아 만들어놓은 정자가 나타난다. 엄마가 잠깐 걸음을 멈춘다. 뒤를 돌아보니 서천변 일대와 시가지 풍경이 한눈에 들어온다. 서천 둔치를 걸을 때와는 또 다른 상쾌함이다.

"여기도 자주 와. 성재까지 갔다가 내려오면 서천으로 이어져. 그렇게 서천변까지 걸으면 두 시간쯤 걸려."

"김 여사! 그건 운동 중독이야."

말은 그렇게 하지만 실제로 산은 그리 높지 않다. 그저 어느 도시에서나 볼 수 있는 뒷산이다. 정상까지 채 한 시간도 걸리지 않는다. 산길이 험하지 않고 아기자기한 것이 걷는 재미가 있다. 엄마의 두 번째 운동장인 셈이다. 엄마는 주로 서천 둔치를 걷고 가끔씩 성재를 오른다 했다. 가끔은 두 코스를 모두 아우르는 날도 있는 듯했다. 추측건대 성재에 올랐다 서천 둔치까지 길게 이어지는 날은 당신의 마음에 응어리가 많은 날이었을 것이다. 정작 그런 날은 자식들에게 심란함이 옮겨갈까 전화도 하지 않으니 애꿎게 운동만 길어질 뿐이다.

"1월 1일에 영주 사람들이 일출 보러 올라와. 여기가 영주의 해맞이 명소야."

엄마가 눈앞의 정상을 가리키며 설명한다. 사람들은 어디서나 새해 첫날의 해맞이를 하는구나. 역시나 엄마가 서천이 아니라 성재로 길을 택한 이유가 있었다.

"그래서 김 여사는 새해 소망이 뭐야?"

정상에 서서 영주 시가지와 서천변을 내려다보며 묻는다.

"몰라. 기억 안 나."

별 것 아니라는 듯 무뚝뚝한 대답. 기억이 안 나는 게 아니라 숨겨두고 싶은 거겠지. 나는 엄마의 새해 소망을 안다. 고향집에서 뒹굴다 보면 어렵잖게 발견할 수 있다. 집안 어딘가에는 늘 쓰다만 새해기도 목록들이 있다. 몇 번씩 고쳐 쓴 흔적이 남아 있는 소원들이다. 개개의 목록들은 내용은 비슷하되 우선순위만 조금씩 바뀐다. 몸이 편찮은 아버지를 비롯한 가족의 건강이거나, 아들의 결혼과 신앙 생활의 회복이거나 먼 땅에 있는 딸네 가족의 평안이다. 매해 변하지 않는 그 목록에 당신을 위한 소망 같은 건 없다.

"가족의 건강 같은 거 말고 엄마 개인적인 소망 같은 건 없어? 예를 들면, 바람을 피운다거나."

"환갑이 다 돼서 바람피우면 뭐 하나, 니들 소원이 내 소원이지."

그래도 당신을 위한 소망 하나쯤 가져도 좋으련만, 스스로 만든 틀에서 벗어나기란 쉽지만은 않아 보인다.

"다음 주까지 숙제. 엄마의 새해 소망 만들기!"

나는 짐짓 위엄 있게 말하지만 엄마는 가볍게 무시한 채 산을 내려간다. 서천에 이를 때쯤이면 숙제 따위는 잊어버리겠지. 그리고 보니 내 새해 계획에는 엄마나 아버지는 없구나. 나는 엄마 뒤를 따라 걸으며 생각한다. 당신과 같이 걷다 보면 생기려나.

해질녘 겨울의 개천은, 그 을씨년스러움은 나름의 매력이 있다. 태초의 무색무취처럼 탄생의 전조가 느껴져 어쩐지 조마조마하다. 엄마가 서 멀리 앞서 가노복 한 자리에 서서 흐르는 물을 응시하다가 가만히 물에 손을 담근다. 뒤통수가 찡할 만큼 시리다. 정신이 맑아지는가 싶더니 다음 순간 아득해진다. 그 순간 지지직거리며 주파수를 찾는 소리가 들려온다.

엄마다. 불편하다고 두고 가자고 해도 기어이 들고 나오더니 라디오를 한 쪽 귓가에 붙이고선 저쪽에서 돌아온다. 아버지가 말한 그대로다. 엄마의 표정에는 뭔가 스스로 찾아낸 작은 희열 같은 것이 느껴진다. 그 모습에 왠지 웃음이 나온다. 사춘기 중학생 같다.

"무슨 노래야?"

"노래 아니야."

새해의 첫날을 즐기는 진행자들의 시끌벅적한 목소리. 가끔 들은 적이 있다. 지지고 볶고 화해하고 다시 사랑하는 사람들의 이야기. 구수한 입담으로

찰떡처럼 쫄깃하게 떠드는 이웃들의 일상 이야기다.

"좋아?"

"응, 재밌어."

엄마는 내게 라디오를 내밀며 선명한 소리를 잡으려 주파수 다이얼을 움직인다. 잡음들은 쉬이 사라지지 않지만 당신은 여전히 즐거운 얼굴이다.

"내가 웃을 일이 뭐가 있니? 이 고민 저 고민 하면 인상만 더 쓰게 되지. 혼자 심심할 때 들으면 얼마나 좋다고. 사람들 사는 이야기 들으면 웃을 일도 많고. 다들 그렇게 사는구나, 나는 그래도 행복하구나 싶기도 하고."

나는 그제야 뒤늦게 싸구려 라디오의 진짜 가치를 깨닫는다. 엄마에게 라디오는 세상을 듣는 도구인 것이다. 엄마는 당신만의 방식으로 세상과 소통하고 위안을 얻는 것이다. 비로소 '라디오가 열 자식보다 낫다'는 말이 이해가 간다. 때로 엄마의 삶 속에서 라디오는 자식보다 더 살가운 존재일 것이다. 다시 라디오가 목소리를 높이고 저들끼리 웃는다. 엄마도 따라 웃는다.

"내가 학교 다닐 때 밤늦게까지 라디오를 들은 이유를 이제 알겠지?"

"그거야, 공부하기 싫어서 그랬겠지."

그럼, 엄마는 뭐가 하기 싫은 걸까. 뭐가 듣고 싶은 걸까. 무엇을 하고 싶은 걸까. 묻지 못한 질문을 마음에 담고서, 엄마와 나란히 라디오를 들으며 집으로 향한다.

무섬마을은 순우리말로 물 위에 떠 있는 섬이란 뜻이다.
물길이 마을을 감싸 안으며 흐르고, 고택도 많다.
마을의 고택 중 특히 김뢰진 가옥은
청록파 시인 조지훈의 처가로도 유명하다.
시인은 「별리」라는 시에서 무섬마을을 '푸른 기와 이끼 낀 지붕
너머로 나즉히 흰 구름은 피었다 시고'라고 노래했다.
엄마는 이 모든 가치와 의미를 그저 곱다거나
옛날 고향집 같다는 한마디로 함축한다.

소백산 희방사역의 열차시간표는
이제 대부분 빈칸이다.
지워낸 시간의 흔적들이 용도를
상실한 접착의 자국으로만 남아 있다.
희방사역도 곧 제 운명을 다하리라.
기쁨에도 수명이 있을까.
'기쁨을 준다(喜方)'는 지명이 새삼스럽다.

부석사 안양루의 '안양(安養)'은 극락을 뜻하는 말이니,
눈앞의 장대한 비경은 극락과 다름이 없다.
엄마와 나는 가만가만 마음으로 걸어 소백산 자락까지 가닿는다.
조심스레 노을의 기운이 깃들기 시작하는 순간,
느닷없는 엄마의 한마디에 가슴이 먹먹해졌다.
"내가 죽으면 화장해줘."

왠지 나는 그 말을 담담히 받아들일 수 있었다.
지금 내 앞에 거대한 자연이 있기 때문만은 아닐 거다:
아직은 현실이라 믿지 않아서였을까.
단 한 번도 생각해본 적 없는 사건이라서? 모르겠다.

엄마,
오래오래
살아 _문수 무섬마을

영주시를 관통하는 서천은 낙동강을 향해 흐르다 내성천과 만난다. 내성천은 영주시의 평은면과 문수면을 지나 예천군 용궁면으로 이어져 회룡포에 가닿는다. 회룡포는 육지 속의 섬마을로도 잘 알려져 있다. 내성천 물길이 마을을 빙 둘러 감싸 안고 흐르는 까닭이다. 맞은편 비룡산에서 보면 그 독특한 지세와 빼어난 풍광이 마음을 사로잡는다. 드라마 「가을동화」를 촬영한 직후에는 유명세도 한층 더했다. 엄마가 '섬 같은 마을'이 있다고 했을 때 나는 당연히 이웃 예천군의 회룡포를 떠올렸다.

"회룡포 잘 알지. 드라마 촬영지로도 유명하잖아."

"아니, 예천 말고 문수에 있어."

그때만 해도 그냥 회룡포를 잘못 알고 있는 것이려니 했다. 문수면을 지나 예천군에 이르는 길도 있으니 헷갈릴 수 있는 일이기도 하고. 회룡포 정도라면 모처럼의 나들이로 그리 나쁘지 않을 것 같았다. 나는 속는 셈치고 엄마를 따라 나섰다.

"거기 꼭 하회마을 같아. 옛날 한옥도 많다?"

엄마가 운전을 하며 확신에 찬 설명을 곁들인다. 나는 건성으로 고개를 끄덕인다. 시골 마을에 한옥 한두 채 없는 데가 있을까. 낡은 차는 툴툴거리며 잘도 달린다. 고향의 모든 길은 추억이 만들어놓은 거대한 거미줄 같다. 옛 기억들이 어디에서나 뇌리를 스친다. 문수면에 가려면 평은면을 지나야 한다. 안동 가는 길목에서 만나는 내성천이 평은면에 이르렀음을 말해준다. 대학생이 돼 행동반경이 넓어졌을 때 동무들과 여름 피서를 나섰던 곳이 평은의 내성천이다. 흰수마자 같은 특정보호어종이 살 정도로 물이 맑다. 평은면을 지나자 곧 길은 문수면을 향한다. 한적한 시골의 아스팔트 도로다. 좁다란 2차선 도로는 산과 논을 끼고 이어진다.

"원래 엄마가 아무한테나 안 가르쳐주는 곳이거든. 그러니까 글 써서 돈 벌어와."

나도 그랬으면 좋겠다. 어디든 내가 당신네 매체에 '글을 쓰겠소' 히면 그들이 '감사합니다' 하며 넙죽 받아주면 좋겠다.

"원래 내가 아무 데나 잘 안 쓰는 사람이거든. 특별히 고려해볼게."

나는 짐짓 잘난 체하며 엄마의 말을 받는다. 우리는 이러며 논다. 아옹다옹, 티격태격. 하지만 정작 엄마는 내가 쓴 여행 기사를 본 적이 없다. 예전에 다녔던 회사의 잡지 한 권이 고향집 어딘가를 늘상 배회하니, 엄마가 아는 나의 글이란 그것이 전부다. 그 또한 여행 잡지에서 일하기 훨씬 전의 일이다. 가끔씩 근심 떨치는 '보험용'으로 세뇌하듯 일러준 몇몇 매체의 이름만은 용케도 기억하며, "나는 잘 모르겠는데 남들은 잘 썼다더라"는 식으로 아들의 기를 살려준다. 잡지 쪽에서 일하는 걸 늘 불안히 여기며 이직을 줄기차게 종용하던 두 분이 이제는 어딘가 갈 때면 괜찮은 정보가 없나 관심을 가지고 살피는 듯하다. 내가 고향에 내려오면 이번에 뭐가 새로 생겼다거나, 어디를 갔는데 소문만 못하더라는 등 여행지에 관한 세세한 정보를 알려준다. 엄마는 아마 내가 다른 일을 했다면 또 그쪽으로 더듬이를 세운 채 지대한 관심을 가졌을 것이다. 물론 아들에게야 무심한 척하며.

✿

"야~ 강이다."

나는 당신이 운동 나가는 서천변의 물길이 예까지 이어지는 것이다, 하고 말하려다 만다. 엄마 앞에서 아는 체하는 것 같아서. 내성천이면 어떻고 서천이면 어떠랴, 한 줄 감탄사로 표현하면 그만인 것을. 강을 끼고 조금 더 달리자 수도리 전통마을이라는 표지판이 나온다. 다리 아래로 강물이 흐르고 너른 백사장이 펼쳐진다.

수도리(水島里)는 물 위에 떠 있는 섬이란 뜻으로 순우리말로는 무섬마을이다. 회룡포처럼 물길이 마을을 둘러 안는 것이 특징이다. 회룡포만큼 극적이지는 않지만 은은한 멋이 있다. 어디에 내놓아도 손색없을 비경이다. 풍수지리학상으로도 매화가 피는 매화낙지(梅花落地)라거나, 물 위의 연꽃을 뜻하는 연화부수(蓮花浮水)의 지형이라고 해 으뜸 길지로 꼽히는 자리다. 무엇보다 아직은 사람들에게 많이 알려지지 않았다. 안동 하회마을이나 예천의 회룡포는 알아도 무섬마을이 가진 특별한 매혹은 모르는 이가 많다. 나처럼.

무섬마을이 가진 또 다른 매력은 고택들이다. 무섬마을은 사돈지간인 반남 박씨와 신성 김씨의 집성촌으로 17세기 중반부터 형성된 마을이다. 그 자취는 지금도 고스란히 남아 마을 집들 대부분이 전통가옥이다. 대형 민속촌형태가 아닌 생활촌으로 소박한 옛 마을 풍경이 그대로 남아 있다. 기와집과초가집이 어우러지고 돌담과 싸리문 같은 옛 모습들을 볼 수 있다. 길을 따라서는 어여쁜 꽃들도 가득하다. 그 가운데 해우당 고택과 만죽재 고택, 김덕진 가옥 등 아홉 점은 경상북도 민속자료나 문화재자료로 지정돼 그 가치를 발한다. 특히 경상북도 민속자료 118호인 김뢰진 가옥은 청록파 시인 조지훈의 처가로도 유명하다. 시인은 「별리(別離)」라는 시에서 무섬마을을 '푸른 기와 이끼 낀 지붕 너머로 나즉히 흰 구름은 피었다 지고'라고 노래했다.

엄마는 이 모든 가치와 의미를 그저 곱다거나 옛날 고향집 같다는 한마디로 함축한다. 그러고는 옛 시절로 돌아간 듯 집과 집 사이로 이어지는 길을 따라 숨어든다. 때로 긴 설명이 필요 없는 풍경들이 있다. 각자의 마음에 그려지는 빛깔이 가장 진실에 가까울 것이다. 나는 가만가만 엄마의 뒤를 밟는다. 자연을 참 좋아하는 아줌마다. 꼬박꼬박 자연의 자취를 손끝으로 느끼고 코끝으로 호흡한다. 감탄의 말들은 혼잣말로 조용히 수렴한다. 시간은 참으로 유유히 흐른다. 재촉하는 이도 서두를 이유도 없는 까닭이다. 그 한가로움의 속도만큼 마을은 조용하고 사람들은 솜처럼 걸음을 딛는다. 엄마는 지나던 어른들에게 웃으며 인사한다. 무어라 무어라 짧은 대화가 오간다. 그네들은 서로에게 남이건만 남이 아닌 모양이다. 멀찌감치 떨어져 걷던 나도 내 차례에 이르러 엄마에게 배운 대로 인사를 건넨다. 방실방실 웃는 얼굴로.

"어데서 왔노?"

"영주에서 왔어요."

"우리 마을에는 처음이가?"

"네. 진짜 좋아요."

"좋기는 뭐가. 외나무다리 있을 때 왔으믄 좋았을낀데. 시월에 또 와."

동네 어르신이 떠나자 먼발치서 바라보던 엄마가 다가온다.

"뭐라 그러셔?"

"손자사위 삼고 싶으시다고."

김 여사, 어이없다는 표정이다.

"외나무다리 있을 때 오면 좋다고."

무섬마을은 외나무다리로도 유명하다. 외나무다리는 과거 무섬마을에서

강을 건널 때 만든 다리다. 'ㅠ'자 형태로 밑에 두 개의 지지대를 두고 그 위로 디딤목을 놓는다. 그렇게 만들어진 'ㅠ'자 형태의 다리를 하나하나 이어 큰 다리를 만든다. 한 사람이 간신히 지날 수 있는 폭 30센티미터 정도의 외나무다리로, 총 길이가 150미터에 이른다. 매해 시월 중순경 외나무다리축제를 할 때 만들어져 다음 해 5월까지 남아 있다. 한국의 아름다운 길 100선으로 지정되기도 했다.

"김 여사, 생각나나?"

"뭐가?"

"내 입 돌아갔을 때."

"갑자기 그 얘기는 왜?"

"그냥. 그때 엄마가 나 데리고 전국에 용하다는 사람들 다 찾아다녔잖아."

"아유~, 생각하기도 끔찍하다."

엄마가 인상을 찡그린다. 한적한 시골마을과 강물과 예스런 다리들을 보니 문득 영화 「효자동 이발사」가 떠오른다. 주인공 성한모(송강호)는 고문으로 만신창이가 된 아들을 업고 전국의 용하다는 의사를 찾아다닌다. 산 넘고 물 건너서. 어느 해 겨울에는 낡은 다리를 건너고, 얼음물을 지나 깊숙한 산중까지 들어갔던가. 엄마는 나를 업고 다니지는 않았지만 내겐 영화 속 아비의 모습이 현실로 다가왔다. 성한모의 얼굴에 자꾸만 엄마의 얼굴이 겹쳐졌기 때문이다.

몇 해 전 여름, 나는 과로와 스트레스로 구안괘사라는 병을 얻었다. 일종의 안면신경 마비 증상으로 입이 한쪽으로 돌아가는 병이다. 때마침 내 입이 돌아간 날은 아버지가 사업에 실패한 후 옮겨간 단칸방에 내가 처음 간 날이었다. 심하게 일그러진 내 얼굴을 보며 엄마는 무슨 생각을 했을까. 그해 여름 엄마는 얼굴이 구겨진 스물여덟 살 아들을 데리고 전국 곳곳을 수소문하고 다녔다. 「효자동 이발사」를 보다가 왈칵 눈물이 날 뻔했던 건 그런 이유였다. 안 좋은 일, 지난 일은 빨리 잊는 엄마라지만, 늘 긍정적으로 살아내는 김 여사라지만, '끔찍하다'니 그날의 기억만은 아직도 마음 한구석에 아리게 남았나 보다.

엄마와 함께 나란히 무섬마을과 접한 강변의 둑을 걸었다. 황하코스모스가 길을 따라오며 노란 꽃잎을 하늘거린다. 김 여사는 또 그 꽃들을 살피며 감탄의 말들을 늘어놓는다. 그러다 돌아서서는 갑작스레 따지듯 확답을 요구한다.

"예천 아니라 문수 맞지?"

"그러네. 엄마 말이 맞아."

나는 얌전히 고개를 끄덕거리며 답한다.

"앞으로 까불지 마."

나는 이번에도 순순히 고개를 끄덕거리며 알았다고 답한다.

"니가 웬일이나?"

엄마가 웃으며 화답한다. 살다 보면 그런 날이 있다. 아무리 무심한 아들이라도 엄마가 사무치게 고마울 때가 있다. 미처 몰랐던 숨은 여행지를 찾아주고 일그러진 얼굴도 찾아주고, 다시금 웃는 표정을 끄집어내준 내 엄마가 예쁘고 고마울 때가 있다. 그 맘을 쉬이 전하지는 못해도 가끔씩 이렇게 순한 양처럼, 물 위에 떠 있는 섬 같은 엄마에게 무조건 수긍하며 들리지 않는 목소리로 고백하는 거다.

'엄마, 오래오래 살아.'

시린
추억이
방울방울 _풍기 죽령옛길

    여행 잡지사에서 일할 때였다. 어느 날 한 선배가 영주를 다녀와 기사를 썼다. 소백산 일대를 여행한 글이었다. 그는 부석사나 선비촌 같은 비교적 유명한 유적에서 초암사 같은 한적한 동네까지 잘도 찾아들었다. 그 가운데 나도 모르는 낯선 지명 하나가 눈길을 끌었다. 죽령옛길. 소백산 자락의 죽령휴게소에서 영주의 관문인 풍기 쪽으로 난 옛길이라 했다. 그가 부석면이나 순흥면 어딘가를 이야기했다면 나도 그러려니 했을 거다.

    나는 풍기읍에서 태어나고 자랐다. 우리 집은 내가 고등학생이 되고서야 영주 시내로 이사를 했다. 그러니 풍기읍은 내게 고향 중의 고향인 셈이다. 나의 유년과 소년 시절의 기억은 그 땅이 고스란히 품고 있다. 수업이 끝나면 자전거를 타고 산과 개천을 누비며 놀았으니 낯선 길이 있을 리 없었다. 더구나 옛길이라면 모를 리가 없는데 난 왜 모르는 걸까. 어쨌든 대관령이나

고향을

거닐다

지리산에만 있는 줄 알았는데 내 고향 풍기에도 옛길이 있다는 게 신기하고 뿌듯했다. 한편으로는 엄마를 못 알아본 아들처럼 몹시 민망했다. 분명 나고 자란 곳이니 영 모르는 길은 아닐 텐데 낯설었다. 그래서 마음에 표시가 나도록 꼭꼭 접어두었다. 언젠가 엄마랑 가볼 곳!

고향집은 시외버스터미널 바로 옆에 있다. 나는 동서울발 시외버스가 영주 시외버스터미널에 멈추자마자 엄마에게 전화를 걸었다.

"김 여사! 집 앞이야, 나와요."

"어느 집?"

"엄마 집! 우리 집!"

엄마가 집 앞에 나오기까지는 늘 생각보다 시간이 더 걸린다. 한 20분쯤 어련할까. 김 여사는 외출할 때 그냥 나서는 법이 없다. 거울 한 번 보고 매무새를 가다듬고서야 집을 나선다. 그나마 집 앞에서 아들이 기다리니 이 정도다. 패션쇼 안 하고 나오니 감사할밖에. 그 모습이 소녀 같아 혼자서 웃을 때가 많다. 그건 엄마의 마지막 자존심이라는 걸 나는 안다. 집안의 사업이 실패한 후 사모님 소리는 이제 소원해졌지만 그 자태만은 여전하다. 김 여사가 살아 있다는 증표다. 종아리를 때리는 어머니의 힘이 약해져 눈물을 흘렸다던 아들의 이야기가 있던가. 아마도 엄마가 내 전화에 곧장 달려 나왔다면 눈물까진 아니어도 조금 섭섭했을지 모르겠다.

"웬일이야? 전화도 없이."

여사님이 반갑게 맞는다. 물론 나는 장난스럽게 답한다.

"엄마 보고 싶어 왔지."

"싱겁기는."

맹탕인 아들은 엄마의 차를 향해 걷는다. 영문도 모르는 엄마가 따라 걷는다.

"김 기사! 운전해!"

"어디 가게?"

"죽령옛길. 출장이야."

"다른 집은 아들들이 엄마 데리고 운전해서 여행도 간다는데 니는 왜 그러나?"

나는 짐짓 무시한 채 차에 타며 답한다.

"다른 집 아들은 다른 집 엄마가 낳았잖아."

엄마가 바로 운전석에 오른다. 실상 출장길은 아니지만 엄마들은 늘 미안해 하기에 그렇게 말한다. 아들이 '그 바쁜 시간 중 짬을 내서' 엄마와 나들이에 나섰다고 지레 짐작할까 봐 출장 핑계를 댄다. 멀지 않은 주변을 도는 것이라 해도 운동과 나들이는 엄마에게도 분명 다른 개념일 것이다. 그래서 김 여사가 거절할까 봐 미안해 할까 봐 출장을 핑계 삼는다. 이런 때는 13년째 잠자고 있는 나의 '장롱면허'가 꽤 유용하다.

"기사비, 얼마 줄 건데?"

운전용 장갑을 끼고 목에 스카프를 두르며 엄마가 묻는다. 어디서 저런 물건들을 구했을까. 아마도 서울 동대문이나 영등포의 의류도매시장 어디쯤일 것이다. 가세가 기운 후에는 보따리 옷장사를 하며 서울과 영주를 오갔던 당신이다. 장담건대 모두 합쳐도 만 원이 넘지 않을 거다. 그래도 맵시가 난다.

"이야, 모자지간에 치사하다. 다른 집 엄마는 아들한테 안 그런다."

"다른 집 엄마한테는 다른 집 아들이 있잖아."

그러고 나선 '다른 집 엄마'처럼 딴청을 피운다.

"좋아. 기름 값 줄게."

차가 출발하고 차창을 내리자 시원한 바람이 불어든다. 엄마에게도, 나에게도 그리 아까운 기름 값은 아니다. 십만 킬로미터를 넘게 달려온 구식 아벨라만 투덜거리며 엔진에 기력을 불어넣는다.

"죽령옛길 알아?"

풍기를 향해 차를 달리며 엄마에게 묻는다. 나처럼 풍기서 나고 자란 엄마라지만 죽령옛길을 알까? 혹 시청에서 하는 일종의 관광 마케팅은 아닐까 생각하며 묻는다.

"응, 죽령재 아래. 희방사역 있는 데 있잖아. 옛날에 너 외삼촌이랑 광호형이랑 고기 구워먹고 그랬던 데. 기억 안 나?"

왜 기억이 안 날까. 소백산 자락에는 희방폭포라는 큰 폭포가 있다. 폭포에서 흘러내린 물길은 수철리와 창락리를 지나 남원천으로 흘러들고 남원천이 다시 삼가천과 만나 영주 시내를 관통하는 서천을 이룬다. 풍기 사람들은 소백산 희방폭포 전후에서 희방사역 일대를 아울러 희방계곡이라 불렀다. 특히 희방사역 주변은 물길이 계곡을 벗어나 개천을 이루는 지역으로 풍기 사람들의 대표적인 나들이 장소였다. 소백산이 국립공원으로 지정되기 전에는 계곡에서 평평한 돌이나 슬레이트를 불판 삼아 삼겹살을 구워먹는 게 큰 즐거움이었다.

"거기가 죽령옛길이야?"

"거기서 죽령휴게소 쪽으로 가는 길이 죽령옛길이야. 희방사 쪽으로 가면 희방사옛길이고. 니 여행 글 쓰는 사람 맞나?"

엄마가 어깨를 으쓱하며 핀잔을 준다.

죽령옛길 진입로는 5번 국도 상에 있다. 희방삼거리 못 미쳐 희방사역으로 이어지는 샛길로 빠지면 나온다. 희방사역에서 산길을 따라 죽령옛길을 오르거나, 5번 국도로 차를 달리면 죽령휴게소에 이른다. 고향 사람들에게는 죽령옛길 못지않게 5번 국도도 친숙하다. 죽령재를 넘는 5번 국도는 예부터 단양과 영주를 오가는 이들에게 악명이 높다. 겨울날 눈이라도 내리면 월동 장비 없이 넘기가 힘들다. 누구누구네 차가 사고가 나 죽을 고비를 넘겼다는 둥, 크게 다쳤다는 둥 종종 흉흉한 소식도 들렸다. 영주 여행을 다녀온 선배는 '단양, 영주 간 죽령터널이 뚫려 몇 분이면 지날 수 있는 길'이라고 적었다. 맞다. 이제 영주(또는 풍기)와 단양은 중앙고속도로 죽령터널이 뚫린 후 몇 분 만에 넘나들게 됐다. 소백산을 관통하는 4.6킬로미터의 도로로 우리나라에서 가장 긴 터널이다.

덕분에 이제는 5번 국도도 옛길 취급을 받는다. 불과 10년 전만 해도 국도를 타고 죽령재를 넘어 단양의 대강면까지 가는 데 한 시간 남짓 걸렸다. 시간도 시간이지만 산을 빙빙 돌아 오르는 길의 아래는 아득한 낭떠러지였다. 죽령재는 도시 물 좀 먹었다고 젠체하며 들어서는 이들을 나무라는 듯 뺑뺑이를 돌렸다. 사람들은 고개를 무사히 넘고 나서야 비로소 안도의 한숨을 쉴 수 있었고 고향에 들어섰음을 실감했다. 그러니 채 10분도 걸리지 않는 죽령터널을 지날 때마다 그 옛날의 죽령재를 떠올리고, 이제는 적잖이 나이 든 내 부모의 깊은 주름을 떠올리는 것도 당연하다. 풍기에서 나고 자란 이들에게 죽령재는 소백산의 다른 이름이고, 소백산은 또한 부모에 다름 아니다. 한 시간과 몇 분의 간극으로는 설명될 수 없는 단단한 감정의 사슬이 그곳에 있다. 그 긴 터널이 마치 내가 부모의 가슴에 남긴 생채기인 양 마음을 아리게 할 때가 있다. 그래서 서른이 한참 넘은 나이에 그 감정을 에둘러, 유치하게 전국에서 제일 긴 터널이 내 고향에 있다고 자랑스레 말하는 것인지도 모를 일이다. 되살아난 죽령재, 죽령옛길이 반가웠던 것도 그런 까닭이다.

'김 기사'의 차는 희방사역 앞에 잠깐 멈춰 섰다. 죽령옛길과 희방삼거리까지 이어지는 희방사옛길의 갈림길이다. 희방사역은 1942년 4월 1일에 개통한 간이역이다. 소백산 자락에 있는 사찰 희방사(喜方寺)의 이름을 딴 역이다. 열차시간표는 이제 대부분 빈칸이다. 지워낸 시간의 흔적들이 용도를 상실한 접착의 자국으로만 남아 있다. 상행선 16:10, 하행선 10:23, 단출한 숫자만이 명맥을 잇는다. 그 또한 머잖아 지워질 것이다. 희방시역도 곧 제 운명을 다하리라. 기쁨에도 수명이 있을까. '기쁨을 준다(喜方)'는 지명이 새삼스럽다. 그래도 60여 년을 버텨낸 역사(驛舍)는 걱정 말라고 한다. 단층의 아담한 건물은 새로 칠한 페인트로 산뜻하다. 아직은 곧게 뻗은 철로의 늠름함도 한결같다.

투덜대는 비포장도로를 지나 죽령옛길 입구의 주차장에 차를 세운다. 머리 위로는 막 죽령터널을 지나온 중앙고속도로가 지난다. 그리고 아담한 오솔길이 산을 향해 오른다. 뒤를 돌아보니 산세가 사방을 병풍처럼 두르고 있다.

"흐읍~ 따라 해 봐! 공기가 서울하고는 비교도 안 될걸."

엄마가 크게 숨을 들이마신다. 나도 군소리 없이 따라 한다. 말간 공기들이 폐부 깊숙이 스며든다. 마음이 맑게 갠다.

"저기 작은 집 보이나?"

엄마가 손가락을 들어 산 아래를 가리킨다. 관리소 비슷한 단층의 콘크리트 건물이다. 주변에는 철조망이 둘러져 있다. 희방사역과 관련한 철도 시설인 듯하다.

"저기 안으로 들어가면 풍경이 참 좋은 데가 있는데….."

엄마가 혼잣말처럼 말을 잇는다. 태연한 척하지만 물기가 밴 말투다.

"가본 적 있어?"

"외삼촌이랑 왔었어. 외삼촌 수술하고 나서 운동한다고. 외삼촌 '빽'으로 들어갔었지."

아무렇지도 않다는 듯 자랑삼아 말한다. 아물기에는 아직 짧은 시간일 텐데. 엄마는 삼남매 중 막내다. 큰 언니가 있고 오빠가 있었다. 엄마의 오빠인 외삼촌은 철도공무원이었다. 고향과 강원도 일대에서 근무하며 풍기역에도 있었고 희방사역에서도 일했다. 외할아버지를 일찍 여읜 엄마에게 외삼촌의 존재는 각별했다. 우리 남매 또한 외사촌형제들과 친형제처럼 지냈다. 여름 휴가철에도 가게 문을 닫지 못했던 부모님은 우리 남매를 늘 외삼촌 부부에게 부탁했나. 그때미다 죽령옛길 아래로 이어진 물가에서 여름을 났던가. 술을 즐겼던 외삼촌은 조카들을 늘 정답게 대해주셨다.

외삼촌은 쉰아홉 되던 해에 암으로 돌아가셨다. 외삼촌이 수술실에 들어갔을 때는 이미 암세포의 전이가 심했다. 모두 입을 맞춰서 "수술이 잘 끝났다"고 거짓말을 했다. 외삼촌은 고향에 내려와 기력을 회복하겠다며 운동을 다녔다. 두 발을 디뎌 걸을 수 있었던, 마지막 남은 불꽃같은 시간이었겠지. 동생은 알고 오빠는 모르는 비밀 하나를 움켜쥐고 나이 든 두 남매는 죽령옛 길을 걸었겠지. 1년 남짓 전의 일이다. 그 마음이 오죽했을까.

"어머, 저기 봐라. 싹이 올라왔어."

엄마는 언제 그랬냐는 듯 애잔한 감정을 훌훌 털어버린다. 내 엄마, 김 여사의 큰 장점이다. 누구보다 정 많은 사람이지만 지난 시간들에 함몰되지 않는다. 꿋꿋하게 이겨낸다. 언제나 기운차게 자기 자신을 추스르고 에너지 를 나눠준다. 예순 살의 캔디구나. 나는 또 엄마의 등을 보며 말없이 응원 한다.

겨우내 숨었던 새순들이 하나 둘 고개를 내민 모양이 파릇하다. 녹음으로 겨울을 나는 기운찬 녀석들 몇몇도 더불어 우리를 반긴다. 그들의 품 안으로 걸음을 뗀다. 산세가 깊어질수록 오솔길은 좁아진다. 머리 위를 덮은 나뭇가 지의 행렬들. 봄이 오고 여름이 오면 한층 짙은 숲을 이루겠지. 야생화도 울 긋불긋 꽃을 피우겠구나. 단풍이 든 가을 풍경도 환상이겠구나. 걸음마다 계 절 너머의 풍경을 그려본다.

죽령옛길의 역사는 뜻밖에도 깊었다. 고향에 무심한 탓에 나만 모르고 있 었던 것이다. 그 기원은 서기 158년까지 올라간다. 『삼국사기』에 '아달라왕

(阿達羅王) 5년(158년) 3월에 비로소 죽령길이 열리다'라고 적혀 있다. 그 역사만도 2,000년 가까이 되는 길이다. 온달 장군이 신라와 다툰 각축장이기도 했다. 1910년대까지 서울에 갈 때면 영남 사람들은 죽령옛길을 넘었다. 과거를 보러 가는 선비도, 물건을 팔러 가는 장사꾼도 모두 죽령재를 넘기 위해 이 길을 지났으리라. 그 증표처럼 얼마 지나지 않아 느티정 주막거리 터가 나온다. 지금은 그 자취를 알 길이 없는 자그마한 빈터다. 대부분의 영역은 풀과 나무 들에게 내준 지 오래다. 죽령옛길에는 죽령휴게소까지 네 곳의 주막터가 있다.

"생각나나?"

엄마가 가쁜 숨을 내쉬며 걷는 내게 묻는다. 운동중독자인 당신은 끄떡없는 모양이다.

"너 어릴 적에, 아버지가 죽령재 넘어서 제천까지 장사하러 다녔잖아. 겨울이라 길은 얼었고 눈은 오지. 지금처럼 휴대폰이 있기를 하나, 밤늦게까지 소식은 없지. 그때 얼마나 걱정했는지 아나? 거길 왜 굳이 아들을 데리고 다녔는지 몰라."

이제는 엄마에게도, 나에게도, 그리고 아버지에게도 아련한 추억이다. 죽령터널이 들어서기 한참 전의 일이다. 식료품 도매상을 하던 아버지는 가끔 어린 나를 옆자리에 태우고는, 단양이나 제천 등지로 '덤핑 판매'를 떠나곤 했다. 이제와 돌이켜보면 생계에 바쁜 아버지가 그나마 아들과 떠난 유일한 여행이었다. 나는 트럭의 시동이 걸릴 때부터 그날 점심에는 어떤 별미를 먹게 될까 기대에 부풀었던 것 같다. 그도 잠시, 짐을 가득 실은 1.5톤 봉고트럭이 곡예를 하듯 죽령재를 넘을 때면 두려움에 연신 마른침만 삼켰다. 도(道)의 경계를 넘는다는 일말의 설렘도 스릴 만점의 행로 앞에 숨을 죽였다. 틈틈이 그 아슬아슬한 길을 유유히 오르는 아버지의 운전 솜씨를 신기하게 바라보곤 했었다. 서른예닐곱. 그때 내 아버지는 지금의 내 나이와 비슷했다. 아버지가 가장 기운차고 희망찼던 시절. 아버지는 나를 '희망의 상징'인 양 싣고 다녔을 것이다. 그해 겨울밤, 엄마가 그리도 가슴을 졸인 줄은 모른 채.

"그때 아버지가 맛있는 거 많이 사줬는데. 그래서 따라갔어."

나는 옛일이 떠올라 슬며시 웃는다. 한편으로 마음 졸였을 엄마 생각을 하니 미안해진다.

죽령옛길은 죽령휴게소까지 그 역사만큼이나 숱한 이야기를 일러준다. 어느 안내판에는 '뱀은 왜 혀를 날름거릴까'라는 이야기도 있다. 안내판을 절반쯤 읽던 엄마는 "이제는 주의시킬 애들도 없는데 뭐"라며 지나친다. 그것은 마치 "이제는 주의시킬 아이가 있을 때도 되지 않았니?" 하고 내게 에둘러 묻는 듯하다. '도솔봉의 동삼'은 산삼에 대한 전설이다. 인삼으로 유명한 풍기 사람이고 보면 관심을 줄 법도 하다만 엄마는 이 또한 일별하고 그냥 지난다. 퇴계 이황의 형제애가 서린 진운대와 축영대도, 향가 모죽지랑가의 탄생 배경도, 심지어 종유(鐘乳) 하나를 떼어내 만들었다는 상원사 동종에 관한 사연도 엄마의 관심사와는 무관하다. 눈에 보이지 않는 유구한 역사는, 그 이야기만으로는 엄마의 걸음을 잡아채지 못한다. 아들과 걷는 길에 지식이란 무용지물이다. 엄마의 관심을 끄는 지식이란 숲으로부터 자식을 지켜내기 위해 알아야 하는 '뱀에 관한 사소한 정보' 같은 것들이다.

내내 대수롭지 않다는 표정으로 걷던 엄마는 전나무 숲을 지날 때에야 비로소 얼굴에 화색이 돈다. 높게 자란 나무는 제 가지를 넓게 펼쳐 하늘을 가리고 있다. 햇볕에 그을려 또렷한 수형만 드러난다. 시원스런 풍광이다.

"와, 멋있다."

어느새 엄마가 휴대폰을 꺼내 사진을 찍는다. 손놀림이 익숙해 보인다. 문자 보내기야 둘째 치고 사진 촬영 기능은 또 언제 배웠을까.

"내가 니들 아니면 배울 데가 없을까 봐? 엄마, 나름 젊은 사람들한테 인기 좋아."

작은 액정화면 안에 남긴 하늘이 곱다. 그 형상이 흐릿하게 흔들린 탓일까. 엄마는 다시 팔을 한껏 뻗고서는 턱을 당기며 풍경을 조준한다. 나는 곁에 서서 카메라를 든다. 렌즈로 전나무 숲의 하늘을 품는다. 찰칵, 샬칵. 차례로 울리는 셔터 소리.

"잘 찍었지?"

내 눈에 들어온 엄마의 휴대폰 사진은 구도가 좋다. 짧은 식견으로 보아도 엄마는 예술적 감성이 좋다. 재능도 있어 뵌다. 하지만 시골에서 아버지 없이 자란 엄마에게 재능이란 사치 같은 것이었겠지.

"오, 김 여사 감각 있는데."

"야, 니들 외할머니가 초등학교밖에 안 보내줘서 그렇지. 나도 중학교만 나왔어도 크게 날렸을 거야."

아들의 칭찬에 뿌듯해 하며, 엄마는 다시 휴대폰을 들어 숲의 풍경을 잡는다. 아이 같다. 나는 슬며시 엄마를 사진에 담아본다. 엄마를 아는 내 주변 사람들이 말하길 나는 엄마를 빼닮았단다. 나는 엄마를 닮은 덕에 먹고 산다.

죽령옛길의 정상 격인 죽령휴게소까지는 한 시간 남짓 걸린다. 엄마는 그 여정에서 등산을 마치고 내려오는 이들과 몇 차례 길을 양보하며 인사를 나눈다. 짧은 대화라도 오갈 때면 꼭 한마디 덧붙인다.

"아들 따라왔어요."

그게 무슨 자랑인지. 어쩐지 쑥스럽다. 죽령옛길이 끝나는 정상에는 또 하나의 주막이 있고 그 너머에 죽령휴게소가 자리 잡고 있다. 이제 죽령휴게소는 본래의 기능을 상실했다. 대신 차를 타고 쉬엄쉬엄 오를 수 있는 소백산 중턱 전망대의 쉼터 역할을 한다. 고향에 오면 종종 친구들과 드라이브 삼아

들른다. 죽령터널이 길을 낸 후에 5번 국도도 여러 차례 보수를 거친 탓일까. 아니면 이제 내가 어른이 된 탓일까. 죽령재의 5번 국도는 더 이상 두려움을 주진 않는다. 그저 내 고향이 한눈에 내려다보이는 곳에서 짙은 향수를 호흡할 따름이다.

죽령재 정상에서는 풍기 읍내와 영주 시내가 한눈에 들어온다. 주변으로 이어지는 산세도 장관이다. 그 장대한 풍광 앞에 누군들 말을 잃지 않을까. 우리 역시 나란히 서서 그 경관을 바라볼 뿐이다. 시원한 바람이 땀을 씻어간다. 대학에 진학하기 전까지 살며 소년 시절을 보낸 곳, 엄마와 나의 이야기가 숨 쉬는 땅을 굽어본다. 내가 걸음마를 시작한 풍기읍 동부리, 네 식구가 단칸방에 살았던 중앙시장, 읍내에서 가장 큰 슈퍼마켓 집 아들이 됐다며 좋아했던 십자거리, 아버지가 꿈으로 빚은 휴천동의 빌라, 그리고 내 부모가 도둑고양이처럼 숨어 살아야 했던 휴천동 단칸방. 흥망성쇠가 꼭 나라에만 있는 것은 아니다. 내 아버지와 내 어머니의 인생이 파노라마처럼 스친다. 까마득하게 잊고 있던 다짐 한 자락도 생각난다.

청주에서 대학 생활을 하던 어느 해, 나는 집으로 돌아오는 기차 안에서 이순원의 『아들과 함께 걷는 길』이라는 책을 읽었다. 아들과 아버지가 대관령 옛길을 걸어가며 나눈 한나절의 이야기다. 고향 땅의 나무와 들풀의 이름을 설명하는 아버지의 모습이 무척 인상적이었다. 책 속의 아버지는 자신의 아버지와 소원했던가. 나는 서먹했던 아버지와의 관계를 책에 대입해보며 언젠가 나도 아버지와 그런 길을 걸으리라 다짐하고선, 죽령재를 떠올렸었다. 그리고 보니 죽령재를 따라 무수한 추억이 차곡차곡 쌓여 있구나. 그 길을 엄마와 함께 오를 줄이야.

엄마는 말없이 산 아래 동네를 내려다본다. 당신이 태어나 자라고 평생 살아온 동네. 먼저 죽음을 맞이한 오빠와 티격태격 싸우며 자랐을 땅. 아들과 함께 그 길을 오르며 어떤 회한에 젖었을까. 괜스레 가슴 한쪽이 뭉클하다. 엄마의 60년 삶의 조각들이 저만치 곳곳에 숨어 있겠구나. 아직도 고향 땅에 대해, 엄마에 대해 난 모르는 게 참 많구나. 나는, 경상도에서 자라 무뚝뚝한 나는, 가만히 마음으로 엄마를 안아본다.

어린 엄마의
기억이 담긴
소쿠리 _풍기온천과 백동

　엄마랑 온천에 가기로 했다. 몇 해 전 풍기에는 온천이 생겼다. 소백산풍기온천이란 이름으로, 불소가 다량 함유된 알칼리성 유황 온천이다. 지하 800미터 지층에서 온천수를 끌어올리는 천연 온천으로 영주 일대에서 유일하다. 종합온천관광단지로 조성하겠다는 계획은 있지만 그저 추진 단계다. 아직은 그냥 소박한 풍모의 온천탕이다.

　온천은 영주 시내에서 출발하면 20분쯤 걸린다. 소백산으로 향하는 길목의 둔덕에 단층 건물이 너른 주차장과 함께 있다. 대중목욕탕보다 조금 깔끔하고 큰 규모다. 그래도 동네 어른들에게는 쏠쏠한 자랑거리다. 그전까지 영주나 풍기 사람들은 울진에 있는 백암온천이나 창녕에 있는 부곡하와이로 온천여행을 다녔다. 울진에 다녀온 이는 백암온천 물이 좋다 했고, 창녕에 다녀온 이는 부곡하와이 물이 좋다 했다. 하지만 풍기에 온천이 생긴 후에는 전국에서 제일 좋은 온천은 소백산풍기온천이 됐다. 개발한 지 얼마 되지 않았으므로 온천수에 유용한 성분이 풍부하다는 논리였다. 게다가 소백산의 산삼 먹은 물이라는 전설 같은 이야기도 들린다. 과학이나 수치 같은 건 중요하지 않다. 자식 사랑하듯 고향을 아끼는 마음에서 나온 믿음들이다. 어찌 됐든 근래 들어 외지인들도 많이 찾는 걸 보면 수질이 나쁘지는 않은 모양이다.

"서울에서도 일부러 내려와."

엄마 역시 풍기 사람이다. 나는 반신반의한다. 오로지 온천욕만을 위해 두 시간 반 동안 차를 달려올 사람들이 있을까. 아마도 소백산 등산객이나 부석사, 선비촌 등의 탐방객들에게 또 하나의 관광 코스로 자리 잡은 것이겠지. 특히 풍기 사람들은 대중목욕탕이나 사우나 대신 소백산풍기온천을 찾는다. 영주시에서 직접 운영해 요금이 그리 비싸지 않은 것도 이유겠거니와, 엄마처럼 자식들에게 애향심을 키워주고자 하는 의도도 다분한 듯했다. 그러기에 두세 번에 한 번쯤은 못 이기는 척 응하고 만다.

"엄마, 외손자 왔네."

운전하던 김 여사가 창밖을 향해 말한다.

"외손자 마~이 컸지?"

온천 가는 길가에는 외할머니의 묘가 있다. 도로에서도 보인다. 길가 과수원 뒤쪽의 야트막한 둔덕, 사철나무 아래 외할머니의 무덤은 오롯이 솟아 있다. 인근을 지날 때면 엄마는 언제나 무덤을 향해 손을 흔들거나 말을 건다.

그때는 내 엄마가 아니라 외할머니의 막내딸이다.

"니도 외할매한테 인사해."

엄마 말에 인사를 건네기는 하지만 나는 외할머니의 얼굴이 기억나지 않는다. 외할머니가 당신의 막내딸이 낳은 첫째 아들을 유독 예뻐하셨다는 말을 자주 들었을 뿐. 다만 외할머니의 임종 즈음의 한 장면만은 또렷이 생각난다. 외할머니는 외삼촌 댁의 사랑방에 누워 계셨고 당신의 자손들이 모두 모여 있었다. 외할머니는 한 명 한 명 손을 잡으며 마지막 이별을 준비하셨다. 아마 그때도 엄마는 "엄마, 외손자 왔네"라고 말했던 것 같다. 외할머니의 얼굴은 잊었어도 그날의 풍경만은 잊히지 않는다.

반대로 엄마는 그날을 기억하지 못한다. 외려 외할머니가 돌아가신 다음 날을 또렷이 기억한단다. 문상객을 맞느라 바쁜 와중에 엄마는 고등어자반의 살을 발라 내게 밥을 먹이고 있었다. 그리고 잠깐 자리를 비운 사이 내가 제멋대로 고등어 가시를 집어 삼켰단다. '줄초상'이란 말이 있던가. 가시가 목에 걸려 켁켁거리는 나를 보며 엄마는 그 말을 떠올렸을 것이다. 놀란 엄마는 나를 들쳐 업고 내달렸다. 어떻게 의원까지 갔는지도 모르겠더란다. 병원에 가서 보니 맨발이었단다. 무슨 영화 같은 이야기 같지만, 정작 나는 그날의 일이 전혀 기억나지 않는다. 하지만 엄마는 지금도 그날만은 잊지 못한다. 당신 어머니의 죽음보다 아들의 죽을 고비를 선명하게 기억하다니. 그래서 자식을 낳아봐야 부모 마음을 안다고 했나.

온천에는 평일에도 사람들이 많다. 주차장이 제법 꽉 찼다. 정말 외지에서 온 차들도 많다. 나는 차에 앉아 엄마가 나오기를 기다린다. 남자들의 목욕이란 채 한 시간을 넘기지 못하지만 여자들의 목욕이란 두 시간도 모자란다. 엄마는 분명 평소보다 일찍 나오겠다 굳게 약속했으나 애초에 나는 그럴 거라고 기대하지 않는다. 무료한 시간. 책을 읽고 음악을 듣다가 차 안의 수납장을 뒤적댄다. 라디오다. 엄마의 친구. 피식 웃음이 난다. 내가 외출길에 휴대폰과 MP3 플레이어부터 챙기듯 엄마 역시 라디오부터 챙기나 보다. 라디오를 켜니 잡힐 듯 말 듯한 주파수를 타고 잡음 섞인 소리가 웅웅댄다. 그도 잠시, 나는 밖으로 나와 온천 주변을 어슬렁댄다.

온천이 있는 곳은 창락리다. 예전에는 인근에 연못이 있어 친구들과 낚시를 오곤 했다. 봉돌이 달린 찌로 직접 낚싯대를 만들고 하수도를 뒤져 지렁이를 잡던 기억이 난다. 이제 창락리 풍경도 많이 변했다. 그 아래로 길을 따라가면 백리다. 외할머니의 무덤에서 좀 더 산 쪽으로 숨어들어간 동네. 내 외갓집이 거기 있다.

백리는 풍기군에 속해 있던 조선시대에는 백야리(白也里)라고 불리다 영주군으로 편입되며 백동이 됐다. 풍기에서도 한적한 외지 마을이다. 옛 한옥도 여러 채 남아 있고 예스런 골목 풍경도 볼 수 있다. 다시 풍기읍 백리로 행정지명이 개편됐지만 풍기 사람들은 여전히 백동이라 부른다. 그리고 나이든 어르신들은 희여골이라고도 한다. 어릴 적에는 단순하게도 풍기읍의 마을 가운데 백 번째 동네라 그리 일컫는 줄만 알았다. 나중에 알았는데 한 쌍의 백호(白虎) 바위가 있어 이런 이름을 얻었다고 한다.

내 외증조부는 외종조부(작은 할아버지)와 함께 백리에 사셨다. 어릴 적에는 외삼촌이 사시는 외갓집과 구별이 서지 않았더랬다. 연세가 많으신 외증조부는 좀처럼 방에서 나오지 않으셨고 새해를 맞아 세배를 가면 꼭 500원짜리 종이 지폐를 주셨다. 그리고 매번 확인하듯 "야가 박실이(시가의 성을 따라 부르는 여성의 호칭) 아들이가"라고 물으셨다. 엄마와 돌아가신 외삼촌도 그 집에서 태어나 어린 시절을 났다. 지금 외삼촌은 그 집 뒷산에 묻혀 있다.

"옛날에는 소쿠리라 그랬어."

차를 타고 내려오며 엄마가 덧붙인다. 그러고 보니 백리 지형이 소쿠리를 닮았다.

"옛날 생각난다. 철길 따라 학교 가고 사촌동생 업고 놀러가고 그랬는데…."

반세기도 전의 일이다. 갑자기 엄마의 어린 시절에 호기심이 일었다.

"가자."

"지금?"

"지금!"

엄마의 얼굴에 잠깐 붉게 화색이 돈다. 추억은 이처럼 투명한 듯 아련한 석류빛이려나. 우리는 차를 돌려 백동으로 향한다. 아스팔트 대로를 벗어나 좁은 샛길로 접어든다. 예전의 흙길은 이제 단정하게 콘크리트로 포장됐다. 하지만 백동은 변함이 없다. 풍기가 발전하는 속도에 비해 다행스럽게도 백동의 변화는 더디다. 고불고불한 길을 따라 뒤뚱거리며 차가 움직인다. 비포장도로 특유의 툭탁거림은 없지만 아스팔트 도로에 비하면 달달거리며 진동이 온다. 괜히 웃음이 나온다. 사진첩에서 본 단발머리 엄마가 떠올랐다. 옛날 드라마에 자주 나오던 몽실이나 간나이 같은 모습으로 웃고 있는 심란기 소녀.

⁙

"여기야."

잘 찾을까 모르겠다던 엄마는 망설임도 없이 단번에 옛 동네 가는 길을 찾아냈다. 철로 아래를 지나자 곧장 우측으로 샛길이 나 있다. 오르막의 끝자락에는 차의 출입을 가로막는 큰 밤나무 한 그루가 서 있다. 길의 초입에 정차하고 야트막한 언덕을 오른다. 엄마의 유년을 찾아가는 길. 어쩐지 가슴이 뛴다.

밤나무 앞에 이르자 철길을 따라 작은 오솔길이 이어진다. 밤송이 몇 개가 발끝에 차인다. 또르르 구르다 멈춰 선다. 우리도 나란히 멈춰 선다. 철로를 따라 풍경이 시원하게 트여 있다.

"신기하다. 여기가 옛날에는 무밭이었어. 이 아래로는 개울이 흘렀고."

소녀였던 엄마의 시간이 예순 살의 엄마의 시간과 포개진다. 어긋나기도 하고 겹쳐지기도 하는 지형과 지물 들. 엄마는 그 모습이 반가우면서도 낯선가 보다. 드러내진 않아도 만감이 교차하겠지. 들뜬 마음만은 숨길 수가 없는지 자꾸만 내게 옛 풍경을 설명한다.

"저기 저거 보이나. 기차가 지나면 저 신호등에 불이 들어왔어. 그럼 얼른 철길에서 내려오고 그랬지. 옛날에는 학교까지 참 멀어 보였는데…."

엄마가 철길을 따라 시내 쪽을 바라본다. 그 너머에 풍기국민학교라 불렸던 풍기초등학교가 있다. 나도, 아버지도, 엄마도, 동생도 풍기국민학교를 나왔다. 어린 사촌동생을 업고 학교로 향했을 꼬맹이 시절 엄마의 모습이 철길 위에 아른거린다. 나는 대여섯 걸음 떨어져 엄마와 시선을 나란히 한다. 그녀는 말없이 걸으며 홀로 기억을 더듬는다.

거기에 또 뭐가 있으려나. 시간이 있겠지. 엄마의 시간. 바가지 머리를 하고 철길을 따라 걷던 어린 소녀 김란기. 늘상 가슴에 맺힌 사연처럼 말하던, 그리 가고 싶었다던 중학교도 있겠지. 아니 될 줄 알면서도 기어이 원서 한 장을 들고 동무랑 걸어가며 어린 란기는 무슨 이야기를 했을까. 몇 번씩이나 '만약에'라며 중학생이 된 자신을 가정했겠지. 만약에, 만약에. 또 만약에, 만약에. 단물 빠진 풍선껌을 나눠 씹으며 나눴을 동무와의 무수한 약속들.

'만약에, 중학교를 나오고 어른이 되면, 결혼을 하면, 엄마가 되면….' 덧없는 희망인 줄 알면서도 되뇌었을 만약의 사건들. 그 가운데 철길을 나란히 걷던 동무의 죽음 따위는 없었을 텐데.

"윤옥이 생각난다."

철길을 따라 걸으며 먼 풍경을 하염없이 바라보던 엄마가 말한다. '윤옥'은 당신의 고향 친구다. 백동에서 같이 철길을 따라 등교하던 친구다. 껌을 나눠 씹던 친구고, 중학교 원서를 들고 같이 꿈을 말하던 친구다. 어릴 적부터 가장 오랫동안, 가장 가까이에 있던 엄마의 동무다. 그래서 윤옥이 아줌마는 우리 남매에게도 이모였다. 동생과 나는 그녀를 늘 백동 이모라 불렀다. 엄마와는 성격이 정반대인 그녀를 보며 우리는 엄마도 백동 이모처럼 살면 좋겠다 했었다. 거침없이 화통하게. 백동 이모는 지난해 거짓말 같은 죽음을 맞았다. 돌아가시기 며칠 전까지 엄마와 통화를 했고 만나서 수다를 떨었고, 아무 일 없이 잠들었다가 다음 날 아침 주검으로 발견됐다. 같이 아파할 유예기간도 없는, 너무도 갑작스런 일이었다. 엄마는 내게 '윤옥이의 죽음'을 지나가는 바람처럼 담담하게 말했다. 1년 사이 오빠를 잃고 또 가장 오랜 친구를 잃은 그 마음이 어찌 스쳐 지나는 말로 설명될 수 있을까. 이상하게 덤덤한 엄마를 보면서 먼발치에 있는 당신의 죽음마저 담담하게 여기는 건 아닐까 싶어 지레 마음이 아렸다.

이제 내가 아는 '백동 어른들'은 대부분 운명을 달리했다. 장수했던 외증조부가 돌아가셨고 몇 해 전 외종조부도 돌아가셨다. 외삼촌과 백동 이모도 다른 세상 사람이 됐다. 백동 이모가 세상을 떠나고 나서 엄마는 "이제 우리 차례"라는 말을 했다. 그래, 죽음에도 차례가 있지. 나보다는 엄마의 차례가 먼저겠지. 좀체 믿기 힘든, 믿기지 않는, 그래서 믿기 싫은 것이 죽음이겠지.

엄마가 갑자기 철로에 귀를 댄다. 같이 귀를 대보니 철로는 얼음처럼 차갑다. 엄마는 무슨 소리를 듣고 있을까. 누구의 목소리가 듣고 싶은 걸까. 그저 울음 같은 울림만 있을 뿐인데.

발길을 돌린다. 엄마가 겨울 칼바람을 피해 걸었다던 철로 옆길을 걷는다. 무밭이었고 개울이었던 길을 돌아와 다시 커다란 밤나무 아래를 지난다. 입을 벌린 밤송이 하나를 주워 든다. 겨울의 볕을 곱게 입었구나. 그러고 보니 엄마가 철길 따라 학교 다니던 시절에는 저 커다란 밤나무도 없었겠구나. 커서 무엇이 될지 알지 못하는 그저 자그마한 씨앗이었으리라. 그 너머 소쿠리를 닮은 동네가 하늘 아래 도란도란하다. 소녀 김란기의 꿈이 자라던 곳. 그 위에 내 유년의 기억이 덧씌워진 외갓집. 지금은 외증조부와 외할머니와 외삼촌이 잠들어 있는 자리. 소쿠리 가득 추억과 아픔을 담고서 엄마는 말없이 걷는다.

붉어서
사라지는
것들 _영주 부석사

부석사는 영주에서 가장 잘 알려진 문화재다. 국립박물관장을 지낸 최순우 선생의 『무량수전 배흘림기둥에 기대서서』라는 책까지 있으니, 그저 영주의 것으로만 한정지을 수 없는 자랑스러운 문화유산이다. 그래서 영주 사람들은 부석사에 대한 자부심이 크다. 가까이 있는 동네 문화재는 늘 나중으로 미뤄둔 나조차도 부석사만은 셀 수 없이 많이 다녀왔다. 그곳은 갈 때마다 매번 다른 느낌의 공간들이 보인다. 어느 날은 연못가의 해바라기 곁에서, 어느 날은 안양루에서, 또 어느 날은 무량수전 앞에서 이전엔 못 보던 풍경을 발견하게 된다. 또 다른 날은 길 곁의 사과 파는 아낙과 사는 이야기를 나누기도 한다. 아마도 내 나이가 읽어낼 수 있는 부석사의 풍경이 그때마다 조금씩 달라지는 것 같기도 하다.

한 살 한 살 먹을수록 부석사의 존재감은 점점 더 커져만 간다. 그 의미를

고향을

거닐다

알아갈수록 다시 발견해야 할 비밀들도 쌓여간다. 하지만 간사한 게 사람인 지라 어느 때부터인가는 가을이 무르익을 무렵에만 부석사를 찾는다. 가을 의 부석사는 은행나무가 흩뿌려놓은 노란 낙엽들이 지천이라 푸석푸석 소리 가 나도록 밟을 수 있어 좋다. 달기로 소문난 부석 사과라도 한입 베어 물며 걷노라면 신선놀음과 다름없다.

엄마와의 단풍놀이도 당연히 부석사다. 희방폭포 아래 소백산의 단풍을 탐하거나 죽령옛길을 따라 가을 야생화를 훔치는 것도 좋지만, 영주에서 좀 더 먼 거리에 있는 부석사가 제법 여행 같은 느낌을 주기 때문이다. 부석사 를 향하기에 앞서 초입에 당도하면 너른 인공폭포와 연못을 만날 수 있다.

폭포 공원을 지나 절로 길게 이어지는 길을 오른다. 길가에는 동네 아낙들 이 사과나 푸성귀를 예쁘게도 쌓아놓고 사람들을 부른다. 나들이 삼아 나왔 건만 엄마는 습관처럼 그것들을 살핀다. 가격도 흥정하고 맛보기로 주는 사 과 한쪽을 얻어 내게 건넨다. 파는 사람이나 사는 사람이나 고수들이다. 그 저 서로 말벗 삼기도 하고 기분이 내키면 값을 깎아주기도 하며 사이좋게 이 익을 도모한다. 무량수전까지 향하는 길은 사람 사는 모습이 한참 동안 이어 진다.

태백산부석사(太白山浮石寺)라고 적힌 일주문에 이르니, 듬성듬성 이어지던 은행나무의 노란 무리들이 작심하고 가을을 뽐내며 다가서기 시작한다. 당간지주까지 온통 노란색 물결이다. 부석사에서도 은행나무 단풍이 가장 고운 구간이다. 그 색의 시위에 빠져들면 여기가 신라 문무왕 16년(676년)에 지어진 천년고찰이라는 사실은 까마득하게 잊힌다. 길을 따라 좌우로 스며드는 노란 은행잎에 발목까지 푹푹 잠긴다. 노란 땅 위에 발이 붙어버린다. 이러니 사계절 모두 두고 가을날에 찾아들 수밖에.

"이쪽으로 와서 찍어 봐. 여기가 제일 멋진 것 같아."

길 옆으로 벗어난 엄마가 나를 부른다. 나는 엄마가 가리키는 장소에서 사진 몇 장을 찍는다. 참 곱다. 소슬한 바람에 낙엽들이 웅성인다. 바람이 쓸고 가는 소리도 담아낼 수 있으면 좋으련만.

"이것도 중요한 거 아니냐?"

어느새 당간지주까지 걸어간 엄마가 내게 묻는다. 늘 당신과의 여행이 절반쯤은 출장을 병행한다고 믿는 엄마는 시간이 지나면서 내게 이것저것 요구가 많다. 여기는 어떠냐, 저것도 찍어야 하지 않느냐. 처음에는 그 말들을 따랐지만 반복되니 속 좁게 짜증이 날 때도 있다. 내가 하는 일이니 어떤 것이 필요한지는 엄마보다는 내가 더 잘 알 터. 그럼에도 당신에게 나는 여행작가가 아니라 늘 챙겨줘야만 하는 아들인 거다.

"김 여사, 내 후배 하나가 출장 갈 때 부모님을 동행한 적이 있었어. 제 딴에는 부모님이랑 같이 여행할 겸해서 말이야. 그런데 너무 요구가 많으신 거지. 마치 부모님이 취재 나오신 것 같더래. 그래서 그 다음부터는 혼자 다녔다는 전설이 있지."

예전 같으면 내 속내를 그대로 드러냈겠지만 이제는 에둘러 말할 줄도 알게 됐다. 엄마도 무슨 말인지 알겠다는 듯 잠시 뿌루퉁한 표정을 짓는다. 이럴 땐 영락없이 아이 같다.

"그럼 어떡해. 다 예뻐 보이는데."

"내 말이. 그러니까 뭘 찍어도 예쁘게 나오니까 너무 걱정하지 마."

엄마는 돌아서서 천왕문의 돌계단을 오른다. 한 걸음 한 걸음.

"삐쳤나?"

"내가 니 같은 줄 아나!"

다시 차곡차곡 부석사의 비경을 마음에 담으며 엄마 뒤를 따른다. 부석사에는 유난히 돌계단이 많다. 하나씩 올라설 때마다 그 깊은 심연에 다가설 수 있다. 길은 높은 곳으로 향하고 마음은 낮은 데로 임한다. 제법 숨을 할딱거리며 안양루 아래 마지막 돌계단을 지난다. 한 걸음씩 밟고 오를 때마다 무량수전이 그 자태를 조금씩 드러낸다.

무량수전은 국보 제18호로 지정된 우리나라의 대표적인 목조건물이다. 팔작지붕 아래 정면 5칸, 측면 3칸의 규모다. 가운데가 볼록한 배흘림기둥이 가장 먼저 눈길을 끈다. 덕분에 아래서 볼 때는 시각의 왜곡을 막아주고 건축물도 한층 날렵하게 보인다. 전각 내에 있는 소조여래좌상이 서쪽에 안치

돼 있는 것도 무량수전만의 특징이다. 하지만 이미 엄마의 관심은 개개의 의미를 뜯어보아야 찾을 수 있는 무량수전의 비밀보다 부석(浮石)으로 옮겨가 있다. 몇 번을 와도 엄마의 마음을 끄는 것은 무량수전보다는 부석이다.

부석사라는 이름의 근원이기도 한 부석은 말 그대로 뜬 돌이다. 이중환의 『택리지』에는 돌과 돌 사이로 실이 지난다고도 나온다. 부석의 주변으로는 사람들의 소망을 담은 크고 작은 돌탑들이 쌓여 있다. 엄마는 이 돌탑을 그냥 지나는 법이 없다. 꼭 돌 하나씩을 더 얹는다. 당신의 신앙과는 다르나 무언가를 소망하는 사람들의 마음은 매한가지라는 뜻이다. 거기에 무수한 소원의 말들이 담겨 있다는 것을 우리 모두 안다. 굳이 말하지 않아도 알 수 있는 엄마의 소원들.

무량수전과 부석을 보고 돌아서면 석등 하나가 서 있다. 무심코 지나치기 쉬운데 국보 제17호다. 소박하지만 빼어난 조형미를 자랑한다. 나는 으레 그렇듯 석등 주변을 몇 바퀴 돌면서 아로새겨진 문양들을 고루 살핀다. 신라 중기에 지어진 석등은 무수한 세월을 말해주듯 이끼를 이고 있다. 마지막으로 돌아서서 안양루 너머로 장대한 비경과 마주한다. 무량수전이 자리한 봉황산을 지나 멀리 소백산까지 화려한 풍광이 뻗어나간다. 유홍준 교수가 『나의 문화 유산 답사기』에 쓴 것처럼 '태백산맥 전체가 무량수전의 앞마당'이라는 표현이 실감난다. 부석사 최고의 조망대다. 안양루의 '안양(安養)'이 극락을 뜻하는 말이니 이는 극락에서 누릴 수 있는 풍경이라 할 수 있다.

엄마와 나는 나란히 서서 그 풍경에 빠져든다. 우리는 가만가만 마음으로 걸어 소백산 자락까지 가닿는다. 이제 조심스레 노을의 기운이 깃들기 시작할 것이다. 안양루에서 바라보는 노을은 일대에 소문난 장관이다. 몇 번이나 그 비경을 탐했던가. 뇌리에 깊게 남아 있는 붉은 사건. 태양이 마지막 온기를 나누는 의식은 자못 엄숙하기까지 하다. 하지만 그 찬란함보다 느닷없는 엄마의 한마디에 가슴이 먹먹해졌다.

"내가 죽으면 화장해줘."

그 말이 뜬금없기는 하지만 아주 엉뚱한 말은 아니라는 생각이 들었다. 지금 내 앞에 거대한 자연이 있기 때문만은 아닐 것이다. 환갑을 앞둔 엄마에게는 몸의 나이보다 마음의 나이가 더 무겁게 느껴질 것이다. 왠지 나는 스스럼없이 그 말을 받아들일 수 있었다. 아직은 현실이라 믿지 않아서였을까. 혹은 먼 훗날의 일이라 여겨서? 아니면 단 한 번도 생각해본 적 없는 사건이라서? 모르겠다. 잠깐의 시간이 지나고 나는 짤막하게 물었다.

"왜?"

"이 좁은 땅에 나까지 무덤 만들 일이 뭐 있어. 그냥 화장해줘."

맞는 말이다. 이 좁은 땅에는 무덤이 너무 많다. 그래도 엄마 묘가 없을 거라 상상하니 쓸쓸하다.

"그 다음에는?"

"외할머니 산소 옆에 뿌려줘."

백리 가는 길 옆 과수원 언덕의 사철나무가 떠오른다. 그 아래 외할머니의 묘도 떠오른다.

"음, 만약 외할머니 산소 이장하면?"

괜한 농담을 한다.

"그럼 할 수 없지 뭐. 아니면 산에다 뿌려주던가."

"엄마 운동 가는 뒷산?"

"서기노 괜찮고."

나는 짐짓 태연한 척 또 부러 묻는다.

"서천변은 어때? 거기 더 자주 가잖아."

"그것도 괜찮네."

나도 엄마와 똑같은 이유로 화장을 하겠다는 생각을 했었다. 하지만 나의 바람과 엄마의 바람이 내게는 같지 않다. 엄마가 어느 날 홀연히 떠나야 한다면 어딘가에 흔적을 남긴 채 떠났으면 좋겠다. 내가 죽는 날까지 마지막 보루처럼 의지하고 기댈 수 있게.

"그런데 말이야 엄마 무덤 없으면 나중에 손자, 손녀들은 어쩌라고? 갈 곳이 있어야지."

"자식이 있어도 얼굴 보기가 이렇게 힘든데 손자는 무슨. 언제 장가가서 언제 자식 낳나. 기다리다가 목 빠져 죽겠다."

악의 없는 대답이, 아프다. 다시 따지듯 덧붙인다.

"자주 안 가더라도 거기에 엄마 무덤이 있는 거랑 없는 거는 느낌이 다르 잖아. 그럼 납골당 같은 건 어때?"

"비싼 돈 주고 그런 걸 왜 해?"

절반은 농담 같지만 농담일 수만은 없는 엄마의 죽음. 아직 족히 2,30년은 더 내 옆에 있겠지 하고 내 마음대로 생각하지만 죽음이란 것이 우리 뜻대로 주어지는 것이던가.

잠깐 말을 멎고 엄마의 죽음에 대해 진지하게 생각해본다. 뒷덜미에 서늘 한 바람이 분다. 내겐 더 없을 상실이겠구나. 엄마는 금세 자신이 한 말은 잊었다는 듯, 자신이 무슨 말을 했는지도 모르는 사람처럼 먼 풍경에만 눈을 준다. 그새 또 흰 머리가, 주름살이 늘었구나. 왜 그것이 새삼스러울까. 주 름진 그 얼굴에 스멀스멀 붉은 기운이 스며든다. 엄마는 부석사의 붉은 노을 을 본 적이 있을까. 당신의 죽음처럼 현실감이 느껴지지 않는 저 아름다운 풍경을. 붉어서 사라지는 것은 단풍만이 아니었구나. 난데없는 생각이 바람 처럼 스친다. 그리곤 어리석게도 나는 방금 했던 모든 생각들을 지워버린다. 잊는다고 없어지는 것도 아닌데.

엄마하고

나하고 _영주 선비촌과 소수서원

"선비촌 안 갈래?"

엄마가 비장의 카드를 꺼내듯 빈둥거리는 내게 물었다. 선비촌은 영주시 순흥면에 있는 관광지로 최초의 사액서원인 소수서원 옆에 있다. 기와집과 초가를 비롯해 저자거리, 원두막, 물레방아와 연자방아 등 볼거리가 많다. 영주시의 캐릭터가 선비를 친숙하게 묘사한 '영주도령'이니, 선비촌이 가지는 상징성은 남다르다. 지난 2004년 문을 연 후에는 부석사와 연계해 영주지역 역사기행 코스로 자리 잡았다. 그러니 여행 글 쓰는 아들을 둔 엄마에게는 더할 나위 없는 미끼인 셈이다. 나는 선비촌이 완공되고 수많은 여행 작가와 기자, 무수한 관광객이 다녀간 후에도, 단지 그곳이 고향에 있다는 이유만으로 줄기차게 외면해왔었다.

몇 차례의 나들이로 사전학습을 하고 대담해진 엄마는 이제 종종 내게 나

고향을

거닐다

들이 제안을 한다. 다행스럽기도 하고 고맙기도 하다만 때로는 어쩔 수 없는 사정이라는 게 있다. 이번 고향 행의 목적은 엄마가 해주는 따뜻한 밥을 배불리 먹고 지칠 때까지 잠을 자고, 다시 일어나 맛있는 밥을 먹고 잠을 자고, 방바닥에 배를 깔고 소설을 읽다가 스르르 잠이 들고, 일어나 엄마가 차린 밥을 먹는, 그야말로 엄마의 식모살이에 기반한 휴양이었다. 그런데 족히 30분은 차를 달려야 하는 순흥이라니. 나는 엄마의 말을 무시하고 이끼 낀 돌처럼 천천히 바닥만 굴렀다.

"좌~로, 우~로, 자동!"

늘어진 테이프처럼 혼자 명령하고 또 혼자 실시한다. 삼십 줄 아들의 어이없는 짓을 홀로 보기가 몹시 안타까웠나. 엄마가 다시 채근하듯 말한다.

"바람이나 쏘이고 오자."

웃고는 있지만 엄마의 눈빛은 '저 좌우 분간 못 하는 놈'이라고 말하고 있다. 나는 이번에는 좌우를 염두에 두고 정확히, 천천히 구른다. 이어서 태연자약하게 지껄인다.

"바람이 벌인가, 쏘이게."

엄마가 잠시 망연자실한다. 매운 손바닥이 바람을 가르며 '짝' 소리가 나도록 내 등짝을 때린다.

"벌(罰)이다!"

결국 우리는 행장을 꾸려 선비촌으로 향한다. 사실은 기운차게 자신의 고집을 관철시키는 엄마의 모습이 좋다. 비록 도살장에 끌려가는 소처럼 마지못해 나선 걸음이지만 엄마가 좀 더 자신을 위해 고집스러웠으면 좋겠다. 다른 집 엄마들처럼 투정도 부리고 자식에게 바가지를 씌워 영달을 추구할 줄도 아는 이기적인 엄마였으면 좋겠다. 그럼 매일 엄마의 매운 손이 내 등짝을 가른다 해도 그리 아프지 않을 텐데.

"밖에 나오니까 좋지?"

"어, 김 여사는 좋겠지."

투정부리듯 답하지만 고향의 바람은 늘 좋다. 나들이는 나서는 첫걸음이 무겁지 그 걸음을 떼고 나면 날아갈 듯 가벼워진다. 엄마는 그런 나를 늘 게으르다 나무란다.

"베짱이도 아니고, 어떻게 매번 집에 와서 잠만 자누. 모처럼 왔으면 엄마랑 이야기도 좀 하고…."

"엄마도 서울 오면 잠만 자잖아? 나야 김모 여사 닮아 그런 거고."

나는 서둘러 엄마의 말을 잘라 받는다. 정말 그렇다. 낮잠도 없고 밤잠도 깊이 들지 못한다는 엄마는 내 집에서는 화통을 삶아 삼킨 기관차처럼, 드르릉드르릉 잠을 향해 내달린다.

"그게 참 신기하기는 해. 너네 집에만 가면 왜 그리 잠이 잘 오는지. 밥도 맛있고."

우리는 같이 가볍게 히죽거린다. 서로의 마음을 잘 안다는 동감의 미소다. 그러고는 자동차의 수동식 손잡이를 돌려 절반쯤 열린 차창을 마저 활짝 열어젖힌다. 바람이 무리지어 달려든다. 상쾌하다.

우리가 달리는 길은 영주 시내에 사는 이들이 '순흥통'이라 부르는 도로다. 외지에서 오는 관광객은 대부분 중앙고속도로 풍기 IC를 통과해 곧장 931번 지방도로 이동한다. 그래서 순흥통은 931번 지방도와 만날 때까지는 차량이 많지 않아 비교적 한적하다. 더불어 영주에서 자고 나란 이들에게는 가장 친숙한 하이킹 도로이기도 하다. 누구나 중고등학교 시절 순흥통 하이킹에 관한 추억 하나씩은 있다. 목적지는 대부분 소수서원이었다. 물론 선비촌이 없던 시절이다. 내친 김에 부석사까지 내달리는 녀석들도 있었다만 소수서원이 무난했다.

소수서원은 앞으로 너른 소나무 숲이 그늘을 떨어뜨리고 뒤로는 죽계천의 물길이 지난다. 서너 시간 자전거로 달려와 땀에 젖은 몸을 쉬기에 이만한 명당이 없었다. 소나무 숲에서 놀다가 시간이 나면 서원을 두르고 있는 죽계천을 건너려 애를 썼다. 물 건너의 땅은 늘 궁금증과 모험심을 자극했다. 좋아하는 여자아이를 곁눈질하며 두근대는 가슴을 질끈 동여매고선 판청을 부리며 물막이 콘크리트 아래 위태한 돌다리를 만들곤 했다.

소수서원으로 향하는 길을 달리자니 아련한 추억이 새순처럼 돋아난다. 황금빛의 들녘도 운치를 더한다. 막 고개를 숙인 벼들이 오후의 햇빛을 먹고 반짝인다. 이제 겨우 9월 중순을 지났건만 그들은 머리가 무겁다. 그 환한 빛에 맘이 녹아든다. 엄마는 연신 탄성이다.

"벼들이 참 예쁘지 않나? 노란 양탄자 같아. 누워 자면 잠 자알~ 오겠다."

엄마는 나를 보며 약 올리듯 웃는다. 연이어 만발한 코스모스가 '와아~' 하며 손을 흔든다. 엄마는 코스모스 속에서 사진을 찍겠노라, 명령하듯 내게 다짐한다. 나는 코스모스만 찍겠다며 약을 올린다. 그런 대화들, 가을날의 농화 같은 따스한 온기들. 엄마와 나는 연붉거나 하얗거나 보랏빛인 코스모스가 번갈아 등장하는 풍경 속에서 영화 속 텔마와 루이스처럼 차를 내달린다. 실없이 웃음이 나온다. 오징어불고기를 맛있게 하는 홍주식당을 지나고, 묵밥을 맛있게 하는 순흥전통묵집도 지난다. 그 맛들이 입가에 맴돈다. 엄마는 길 위의 맛을 상기시키듯 내게 그 위치들을 하나하나 다시 일러준다.

어느덧 소수서원 옆의 선비촌에 당도했다. 일종의 민속촌인 선비촌에는 다채로운 모양새의 옛집이 이어지고 거리에는 전통공연이나 체험 프로그램 등이 이뤄진다. 해우당 고택이나 김세기가 등에서는 민박도 가능하다. 주말 가족 나들이나 체험학습에 적합한 곳이다. 기대했던 것보다는 제법 짜임새를

고향을

거닐다

갖추고 있다. 한옥의 담을 따라 골목을 걷는 재미도 좋다. 발끝에 닿는 흙길의 촉감도 부드럽고, 주거니 받거니 쌓아올린 흙돌담도 운치 있다. 그 품으로 기어이 뿌리를 내린 담쟁이넝쿨도 기득하다. 절반은 일찌감치 붉게 단풍이 들었다.

"저것 봐라, 호박이다."

엄마가 반갑게 소리친다. 손가락을 따라가 보니 초가지붕 위에 황금색 호박 한 덩이가 똬리를 틀고 있다. 진귀한 풍경이다. 나는 사진 몇 장을 찍어보고, 다시 골목을 따라 어슬렁거린다. 엄마는 엄마대로 나는 나대로. 내가 장승과 고사목 앞에서 카메라를 들고 씨름하자, 엄마는 '자유시간'이라며 슬그머니 골목을 따라 사라진다. 저리 걷다가 얼마쯤 시간이 지나면 나타나겠지. 우리는 짧은 여행길에 따로 또는 같이 걷는 것에 익숙해졌다. 사실은 엄마가 내게 맞춰주는 것일지도 모르지만.

선비촌을 둘러보고는 곧장 소수서원으로 발길을 옮긴다. 내게는 선비촌보다는 소수서원이 좀 더 반갑다. 옛 친구 같다. 산뜻하게 새 옷으로 갈아입었지만 익숙한 자취들이 남아 있는 까닭이다. 선비촌과 소수서원은 공간 구분 없이 자연스레 동선이 이어진다. 그 사이로 죽계천이 흐른다. 버려진 땅처럼 아무도 관심을 두지 않던 도랑 시절의 죽계천은 온데간데없고 이제는 말쑥하게 단장을 하고 있다. 물길의 폭도 훨씬 넓어졌고 물가도 한층 단정하다. 죽계천 위로도 다리가 지나지만 그 아래로 징검돌이 놓여 정취를 더한다. 돌

하나를 밟고 폴짝, 또 하나를 밟고 폴짝, 아빠 손을 잡고 징검다리를 건너는 소녀들이 까르륵 즐겁게도 웃는다. 기어이 물에 발을 담근 개구쟁이들도 여럿 보인다.

"기억나나. 니들도 꼭 저랬는데. 물놀이 가면 튜브 하나 가지고 서로 놀겠다고 싸우고. 니가 오빠라고 양보하라고 그러면 마지못해 동생한테 주고 그랬는데. 언제 이렇게 컸나 모르겠다."

어느새 내 뒤로 다가온 엄마는 지금 먼 땅에 있는 동생이 그리운가 보다. 아니면 지나간 시간이 그리운 걸까. 이번에는 어깨를 나란히 하고 소수서원 쪽으로 걸음을 옮긴다. 서원의 죽계천 쪽에는 새로이 연못이 조성된 모양이다. 한가로이 산책하거나 쉬었다 가는 사람들이 많다. 강학당과 장서각, 학구재 등의 주 건물을 가로질러 소수서원 정문 쪽으로 향하자 한층 친숙한 풍경들이 다가온다. 특히 개인적인 추억이 짙게 배인 경렴정이나 숙수사지 당간지주가 있는 솔밭은 변함없이 친근하다. 오랜만에 만나는 친구처럼 반갑기만 하다. 모퉁이마다 지난 시간이 내 이름을 불러주고 옛 기억이 불쑥 튀어나온다. 그렇게 한참을 돌아다녔나. 엄마가 갑자기 나를 불러 세우곤 무작정 어딘가로 가잔다.

"어디 가는데?"

"따라와보면 알아."

나는 갓 입학한 초등학생처럼 엄마의 뒤를 졸졸 따라간다. 또 뭔가 재미난 것을 발견했나. 호박보다 진귀한 시골 풍경인가.

"뭐야? 뭔데 그래?"

"따라와보면 안다니까."

왔던 길을 다시 거슬러 올라가 소수서원을 지나고 다리를 건너고 초가집과 기와집의 돌담을 지난다. 어느 모서리를 막 돌아서자 자그마한 텃밭이 나타난다. 그 주위를 코스모스들이 곱게 두르고 있다. 엄마는 미리 봐둔 자리라고 했다. 코스모스의 꽃밭 가운데 서서는 소녀처럼 배시시 웃는다.

"꽃 같지 않니? 찍어!"

나는 어이없어 따라 웃는다.

"꽃은 무슨, 할미꽃이 피었네."

무뚝뚝한 경상도 사내의 말투로 말하곤 또 한 번 웃는다. 기꺼이 카메라를 든다. 웃음 따라 카메라가 잠깐 흔들린다. 파인더에 엄마가 또렷하게 들어온다. 코스모스가 하늘거린다. 셔터를 누른다. 두 번째 컷은 줌인. 얼굴이 가깝다. 당신이 곱게 웃는다. 주름이 깊다. 우리 엄마가 이제 정말 할머니가 됐구나. 사진은 참 잔인하구나. 다시 줌아웃. 그 사이에 시간의 터널이 놓인 듯하다. 이제 물릴 수 없는 시간. 낯설고 낯익다. 저만치 내 어미가 할미꽃처럼 서 있다. 여전히 수줍게 웃는다. 마음은 아직 소녀인 게다. 어느새, 우리가 같이 맞는 서른다섯 번째 한가위였다.

엄마,
우리 여행
갈까

"이렇게 높은 곳에 어떻게 이런 성을 쌓았을까?"
엄마는 '신기해'를 연발하며 산성을 세세히 살핀다.
비워진 틈새를 보더니 돌 하나를 주워 맞춰보기도 한다.
산성이 한층 공고해진다.
그 모습이 마치 거대한 산성을 쓰다듬으며
이야기를 나누는 듯하다.

내가 알 수 없는, 엄마라는 외계의 말.
이제 주름이 지고 허리가 굽어가지만 엄마의 저 작은 몸에는
지금도, 그 존재가 사라진 후에도
내가 가늠하지 못할 세계가 있을 것이다.
산성처럼 거대한 그 세계를 내가 다 가늠할 날은 오지 않겠지.

불영사를 거닐다
연못에 비친 부처의 그림자도 찾아보고
내 그림자도 비춰본다.
살짝 어지러운 마음이 어리는 듯도 하다.
내 마음이라는 것도 불영지에 비친
부처의 그림자처럼 숨기려 해도
엄마의 마음 안에서 어른거리려나.

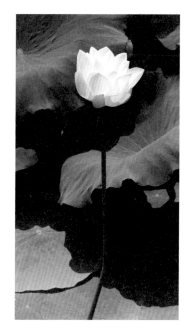

엄마의
데칼코마니 _단양 북벽

　북벽은 단양 제2팔경(신단양팔경)의 제1경이다. 강원도 영월군에서 단양군
으로 이어지는 남한강 물줄기는 단양군 영춘면 상리 인근에서 기암절벽들과
만나 황홀한 풍광을 만든다. 그곳에 바로 북벽이 있다. 북벽을 처음 마주한
엄마는 "와하!" 하며 외마디 탄성을 질렀다. 이젠 목소리만 들으면 알겠다.
그 탄성에도 등급이 있다는 것을. 늘 감탄을 아끼지 않는 엄마지만 차등이
진다. 그 미세한 차이를 알아채는 데도 적잖은 시간이 걸렸으니, 그 마음 깊
은 곳을 들여다보는 것은 평생이 걸려도 모자라겠지.

　이번 감탄은 꽤나 높은 등급이다. 상중하로 나누자면 상급의 탄성이다. 내
보기에도 그랬다. 영춘면에서 북벽교를 지나는데 북벽이 와락 달려들어 나
역시 흠칫 놀랐다. 농담(濃淡)만으로 표현하는 수묵화처럼 과장된 몸짓 없이
번개처럼 번쩍 뇌리를 때리는 풍경이다. 겨울이 주변의 색을 덜어내 한층 더

극적으로 다가온다.

"오, 굉장해."

"옛날에 단양에 자주 왔는데 처음 봤네. 너무 멋있다. 친구들이랑 다시 와야겠다."

북벽은 첫 만남부터 다음 일정을 기약할 만큼 엄마의 마음을 사로잡았다.

"단양에서 최근에 신단양팔경을 선정했거든. 여기가 그 1경이래."

"그래? 그럴 만하다. 겨울인데도 정말 멋있다."

겨울 남한강의 적막을 꼿꼿한 침묵으로 응수하고 있는 북벽에는 말로 형언할 수 없는 기개가 있다. 차디찬 기운에 눈이 시리다. 정신이 맑아지는 것은 굳이 겨울의 한기 때문만은 아니다.

운전대를 잡은 엄마의 어깨가 설렘으로 출렁인다. 영춘면 상리 2리로 접어드는 마을길은 계절 탓인지 한산하다. 좁은 콘크리트 길을 지나 둑 아래의 북벽 주차장에 이르자 또 한 번 휘황한 경치가 눈길을 사로잡는다. 상리 느티나무 마을, 느티골이다. 이름을 과시라도 하듯 수백 년 수령의 느티나무들이 줄줄이 자리를 잡았다. 듬성듬성 이어지지만 족히 열 그루는 되는 것 같다. 닉엽을 모두 떨군 후인데도 하나같이 굵고 듬직하다. 그 가운데 가장 오랜 나무의 너른 그늘에는 성황당의 흔적도 보인다. 가볍게 쉬어갈 수 있는 벤치도 갖추고 있다. 우리는 느티나무 아래 앉아 잠깐 마을의 풍경을 훔친다.

"와아~ 오늘 재수 좋다."

"아들 잘 둔 덕인 줄 알아."

"쯧쯧. 언제 엄마 잘 만난 거 알겠나. 그래서 니는 철들라면 멀은 거야."

모자가 주거니 받거니 만담을 이어가며 다시 고목들 사이를 누빈다. 오래된 나무는 버팀대를 지팡이 삼아 가지를 뻗는다. 구불구불 연기처럼 뻗어나가 다시 가지를 낸다. 봄이 오면 또 초록이 무성하겠지.

⁕

상기 느디나무 마을에서 둑 하나를 넘어서면 북벽이다. 너른 모래사장과 짙은 청록의 강줄기와 그 너머로 쇳덩이처럼 단단하게 솟아오른 북벽의 위용이란. '병풍처럼 펼쳐진다'는 수사가 이보다 더 잘 어울릴 수는 없으리라. 깎아지른 암벽의 매혹 앞에 서니 속수무책이 된다. 느티나무보다 더 오랜 세월을 풍파와 싸워온 절벽은 그 전쟁의 상흔들을 제 몸 깊숙이 각인시켰다. 그 깎이고 모난 생김새가 비경이 될 줄 북벽인들 알았을까.

그중 가장 높은 봉우리가 청명봉(靑冥峰)이다. 북벽은 청명봉을 중심으로 매가 날아오르는 듯한 형상을 하고 있다. 마치 거대한 벽들이 금세라도 내 품으로 쏟아질 것 같다. 북벽이 매를 뜻하는 응암(鷹岩)으로 불리기도 하는 이유다. 봄날에는 절벽 틈마다 진달래가 지천으로 피어난다. 조선시대에는 강원도 영월과, 충청도 제천, 경상도 풍기 등지에서 풍류객과 문인 들이 뱃놀이 삼아 찾기도 했다.

"김 여사 그거 알아? 옛날에는 이 뱃길 따라 서울까지 갔을걸?"

"봐라, 엄마한테 또 공갈이나 치고."

"정말이야. 이 강이 남한강이잖아. 삼척에서 시작해서 영월과 단양을 지나고 충주호 따라서 경기도 양평까지 흘러간다니까. 그리고 북한강이 금강산에서 시작해서 철원 지나 양평까지 흘러와. 양평 양수리에 두물머리라는 데가 있거든. 거기에서 남한강하고 북한강이 만나 서울로 흘러들어. 그 강이 한강이 되는 거고. 그러니 이 물길이 서울까지 이어지는 게 맞지."

몇몇의 지명이 나오는 제법 긴 답변에 엄마가 반신반의하면서도 호기심을 보인다. 이따금 고개도 끄덕인다. 갑자기 속없이 엄마 앞에서 잘난 척이나 하는 아들이 된 것 같아 머쓱해진다. 초등학생이었다면 우쭐했을 텐데. 하기사 그때는 내가 알고 있는 모든 것을 엄마는 다 알고 있었을 테지만. 이제는 일하며 주워들은 내 짧은 상식들이 평생 장사하며 지내온 엄마에게는 낯선 지식일 때도 많다.

"그렇구나. 거짓말 같기도 하고."

그리 말하면서도 믿는 눈치다. 아들을 조금은 자랑스러워 하는 것 같다. 하지만 이어지는 말에는 그 자랑스러움을 미안하게 만드는 고백이 배어 있다.

"나도 많이 배웠으면 좋았을 텐데. 중학교만 나왔어도 그런 것들 많이 알수 있잖아. 니 할머니는 왜 나를 초등학교까지만 보내셨는지."

초등학교 시절, 종종 학교에서 부모님의 학력을 써내라며 조사를 했다. 그때 엄마는 내게 늘 당신은 중학교까지 졸업했노라 거짓말을 했다. 지금도 중학교를 졸업한 또래를 부러워한다. 혼자서 열심히 알파벳도 외우고 가끔 컴퓨터는 어떻게 쓰느냐 묻기도 한다. 한참이 지나고서야 내게 '대학은 꼭 가야 한다'며 어르고 달래던 말들이 무엇을 뜻하는지 알았다.

"내 친구들 가운데도 모르는 사람들 많아. 나도 일하면서 자료 찾아보고 그래서 아는 거야. 엄마도 지금부터 뭐라도 배워 봐. 관심을 가질 새로운 걸 찾는 것도 좋잖아."

나 말고도 수많은 자식들이 나이 든 부모에게 한 번쯤 건넸을 말. 하지만 그게 말처럼 쉽지 않다는 건 모든 부모와 자식 들이 잘 알고 있다. 평생을 유지해온 삶의 습관이란 그리 쉽사리 변하지 않는다.

"엄마 사진 찍는 거 좋아하잖아. 요즘 카메라는 배우기 쉬워. 취미로 사진 배워보는 건 어때?"

내친김에 넌지시 전부터 생각해오던 제안을 해본다.

"그건 그냥 예쁘니까 찍는 거지. 카메라도 다 영어로 돼 있잖아. 머리 아파. 이렇게 눈으로 보고 행복해 하며 살래."

뭐라 답할까, 잠깐 고민한다. 예순이란 나이가 뭔가를 시작하기엔 늦은 나이일까. 내가 아무리 아니라고 말한들, 엄마의 마음에는 이미 그런 생각이 깊게 자리한 듯했다. 평생 남편과 사식만 바리보고 살았으니 그들의 삶이 평온하고 행복하기를 바라는 것이 당신의 취미요, 그것을 위해 애쓰고 기도하는 것이 당신의 특기일 것이다. 결국 문제 풀이는 엄마가 스스로 해야 할 일이다. 인생이란 답을 찾는 게 아니라 끊임없이 숙제를 해나가는 것일 수도 있으니.

"어머 곱기도 해라. 저기 물에 비친 것 좀 봐."

모래사장을 걸어가며 엄마가 말한다. 또 금세 화제를 바꾼다. 처음에는 그 모습이 지난 시간에 미련을 두지 않기 위한 것이라 여겼다. 앞만 보며 꼿꼿하게 걸어가는 것이려니 했다. 그런데 시간이 지날수록 미심쩍다. 마치 욕심을 갖지 않기 위한 안간힘처럼 보인다. 짧지 않은 삶을 살아오며 엄마도 욕심을 부렸겠지. 덕분에 좌절과 절망을 무수히 경험했을지도 모르지. 어느 순간부터는 스스로 욕심을 버리고 기대를 접으며 생활에 안착했겠지. 그러고는 미지막 남은 실낱같은 희망 한 자락을 내게 걸어두고는 자신의 삶을 견뎌왔겠지. 아버지인들 다르지 않았을 테고.

무심한 남한강은 데칼코마니처럼 또렷하게 북벽의 음영을 담아낸다. 그 빛깔이 짙을수록 엄마의 뒷모습이 조금은 쓸쓸하다. 나는 소리 나지 않게 '데칼코마니'라고 말해본다. 표시 나지 않게 내게 투영됐을 엄마의 꿈. 역설적이게도 당신처럼 살지 않기를 바라는 마음이었을까. 예순을 지나 이제 거꾸로 아이가 되어가는 내 엄마에게, 삶은 무엇일까. 사람들은 내게 엄마를 닮았다 하는데, 엄마를 닮은 나는, 내 맘과 같을 엄마의 맘을 아직도 잘 모르겠다.

나를
지켜주는
거대한 산성 _단양 온달 드라마 오픈세트장과 온달산성

"여기? 영춘면이야!"

단양군 영춘면은 영주 시내에서 한 시간 정도 걸린다. 충북과 경북의 도 경계를 이루는 소백산 죽령터널을 지나 단양 읍내에서도 또 한참을 들어가야 한다. 강원도가 지척이다. 단양 읍내라면 모를까, 영춘까지는 집에서 오기에 제법 시간이 걸리는 거리다.

"거기까지 왜 갔어?"

고향과 가까운 어디쯤이라는 사실에 엄마가 반갑게 맞는다. 이때다 싶어 나는 명령하듯 말한다.

"어여 와."

"왜?"

"김 기사가 필요해."

나는 면허증만 있고 차는 없다. 갱신만 줄창 했을 뿐 여전히 운전은 소원하다. 그래서 고향 가까이로 출장을 가면 엄마, 김 기사를 부른다. 좋은 핑계다. 실은 겸사겸사다. 출장의 편의도 도모할 겸 엄마와 함께할 시간도 만들 겸. 가능하다면 출장 날짜도 엄마의 휴일인 목요일로 잡는다. 엄마는 끊임없이 움직이는 사람이다. 옛날부터 대인관계가 원만하고 사람들을 대하는 데도 능숙해 장사에는 일가견이 있었다. 얼마 전부터는 풍기인견매장에서 일한다고 했다. 환갑이 다된 몸으로 하루 종일 서서 사람들을 상대하는 일이 어찌 쉽기만 할까. 하지만 동료들 사이에서 '왕언니'라 불리며 젊은 친구들과도 잘 통하노라 연신 자랑이다.

　그 이야기를 듣고 있노라면 마음 한편이 짠하다. 동생이 결혼을 하고 호주로 떠난 후에는 나는 딸의 역할이 못내 아쉽다. 엄마와 딸은 각별하다고 들었다. 나이가 들면 모녀는 가장 친한 친구가 된다고 하던데. 그리 생각하니 가장 친한 친구를 잃은 내 어미가 측은했다. 아마도 다시 일을 시작하고 젊은 친구들과 너나없이 어울리는 것도 저간의 사정이 작용하지 않았을까. 남들에게 당신 속마음을 좀체 내비치지 않는 엄마다. 언제나 웃고 있고 늘 기운차게 생활하지만 그 맘속에서 어떤 상처가 곪고 있는지는 아무도 모른다. 수다로 유쾌한 양 털어내야 할 마음의 그늘들은 누구나 갖고 있다. 내가 햇살처럼 쨍한 존재는 아니지만 그래도 자식이니 남들보다야 편하려니 하는 지레짐작으로 나는 오늘도 엄마를 불러낸다. 남편 흉이라도 잡으려면 딸이, 또

딸이 없다면야 아들이 제일 무난하겠지. 실상은 그마저도 쉽지만은 않다. 마음은 있다만 고향 행이란 게 두세 달에 한 번이 고작이다. 나는 늘 내 삶이 먼저지만, 언제 내 부모가 당신들의 삶을 우선 삼았던가 생각하면 마음이 편치 않다.

❞❞

잠깐 영춘면을 서성이며 엄마를 기다리다가 온달산성을 향해 먼저 걸음을 옮긴다. 온달산성은 영춘 면내에서 걸어가기엔 만만치 않은 거리다. 하지만 남한강 줄기와 소백산의 산세를 끼고 걷다 보니 빼어난 풍광이 눈을 홀린다. 자연과 나란히 걸으며 탄성을 내지르거나 크게 기지개를 켜며 맑은 물을 마시듯 숨을 들이켠다. 상쾌한 공기에 마음속 먼지가 씻겨 나간다.

영주(풍기)와 단양은 도경계에 자리하다 보니 가깝고도 멀다. 소백산을 공유하고 있어 관광지로서 은근한 경쟁심도 있다. 영주에서 자란 이는 영주가 낫다 하고 단양에서 자란 이는 당연히 단양이 낫다 한다. 영주, 그 가운데에서도 단양과 접한 풍기읍이 고향인 나 또한 단양보다는 영주가, 라고 여기며 살아왔다. 하지만 단양의 여행지를 몇 차례 돌아보니 그 자연이 무척이나 수려했다. 무엇보다 산과 강이 얼키설키 뒤섞이며 만들어내는 자연의 조화는 참으로 오묘하다. 무수한 풍경을 눈과 마음에 쌓으며 느낀 것은 단양은 자연이나 레저 관광이, 영주는 역사나 문화 관련한 관광지의 성격이 강하다는 차이였다. 그런 면에서 온달산성은 단양의 자연 위에 역사와 문화가 조화를 이룬 명소이기도 하다. 드라마 「연개소문」 「태왕사신기」 「일지매」 등의 촬영지로 쓰인 온달 드라마 오픈세트장도 있어 볼거리가 꽤 많다.

단양 읍내 방면에서 진입하는 영춘교를 지나자 성산 아래 온달산성과 오픈세트장이 조금씩 모습을 드러낸다. 그리고 마술처럼 어느새 김 기사의 차가 스르륵 곁으로 다가선다.

"야, 타!"

여시나 회사한 스카프에 장갑을 끼고 선글라스를 쓴 여인이여! 나는 슬며시 미소를 짓고 차에 오른다.

"왜 이리 오래 걸려? 이런 식으로 하면 자른다!"

"기사 월급도 안 주고 부려 먹으면서."

우리는 또 보자마자 타박을 하고 농담을 주고받으며 여행을 시작한다. 온달 드라마 오픈세트장은 차로 이동하니 금방이다. 주차장에 차를 세우고 내리는데 엄마의 동작이 굼뜨다. 양손에 무언가 주렁주렁 달렸다.

"그게 뭐야?"

"떡이랑 사과. 가다가 먹으려고."

여느 엄마들이 그렇듯 당신도 늘 밖에 나가 먹으면 돈이란다. 그래서 간식 정도는 바리바리 싸들고 나선다. 그 모습이 궁상맞아 보여 몇 차례 핀잔을 준 적도 있다만 이제는 이런 것도 엄마의 방식이려니 한다. 나이를 먹고 보니 결국 그 궁상맞음의 가장 큰 수혜자는 나라는 걸 알겠다. 내가 미처 보지 못한 삶 속에서는 한층 더했을 것이다.

"줘, 내가 들고 갈게."

"됐어. 넌 사진 찍어야 하잖아."

"그래, 그럼."

처음에는 짐을 누가 들 것인가를 두고 실랑이를 벌이곤 했다. 엄마가 늘 당신이 들겠다고 고집을 피우는 까닭이다. 당신 몸이 조금 힘들어도 마음은 그쪽이 편한가 보다. 어느 날부터는 그리 무거운 짐이 아니라면 나도 굳이 빼앗지 않는다. 입구의 먹을거리촌과 광장을 지나 세트장으로 이어지는 매표소에 선다. 온달산성 또한 온달 드라마 오픈세트장을 통해서 들어간다. 1인당 입장료가 5,000원이라고 적혀 있다. 엄마가 슬며시 내 눈치를 살핀다. 이어질 말은 안 들어도 뻔하다.

"들어갔다 와. 나는 바깥에서 둘러보고 있을게."

엄마의 말이 떨어지기 무섭게 만 원짜리 지폐 한 장을 내민다.

"두 장이요!"

온달 드라마 오픈세트장은 온달산성 아래에 자리해서인지, 아니면 고대 사극으로 주목을 받아서인지 삼국시대를 배경으로 한 촬영이 많다. 세트의

내부도 눈에 익은 조선시대 건축 양식과는 조금 다르다. 오히려 중국의 양식과 닮아 보인다. 구성도 제법 다채롭다. 웅장한 성곽을 오르내리면 세트장 전체의 풍광을 품을 수 있는가 하면 어느 고택의 정원 같은 아담한 장소도 꼬리를 물고 이어진다. 모처럼 엄마의 걸음이 적극적이다. 전국의 유명한 자연이나 유적지야 여러 차례 다녀왔지만 드라마를 촬영하는 세트장은 처음이라 그런 듯하다. 성벽이 진짜인지 가짜인지 살피고, 달구지나 홍등 같은 소품에도 깊은 관심을 보인다.

전국의 드라마 세트장은 얼추 비슷하다. 그때그때 드라마의 특징에 따라 조금씩 모습을 바꿔가며 수명을 잇는다. 그러기에 몇몇 세트장을 돌아본 나는 일별하는 정도에서 그칠 뿐 큰 호기심을 느끼지는 못한다. 그저 시대가 조금 다르구나 하는 정도다. 하지만 엄마에겐 다른가 보다. 평소에 자주 만나지 못하는 공간이라 그런가. 신기해 하며 좋아하는 모습이 방송국 견학 온 학생 같아 나는 엄마가 더 신기하다.

나는 오히려 이곳의 맑은 공기에 빠졌다. 사극 촬영지는 전깃줄 같은 현대 문명의 흔적을 피해야 하는 까닭에 제법 깊은 산촌에 들어서는 편이다. 그래서 비교적 자연친화적이다. 도시의 소음으로부터 한참 떨어져 있다. 게다가 온달 드라마 오픈세트장은 뒷산에 온달산성이 보너스처럼 자리하니 금상첨화다. 우리는 같은 공간을 다른 방식으로 향유한다. 이따금 글을 쓰듯 옆에서 걷는 엄마에게 설명을 곁들인다.

"「천추태후」 알지? 아버지 자주 보시던 드라마. 저기가 그거 촬영했던 데. 배용준 나온 「태왕사신기」도 찍었고. 저 안쪽에 정원 같은 데 보이나? 연못도 있고 작은 다리도 있는데. 얼마 전에 화가 신윤복하고 김홍도가 주인공인 「미인도」라는 영화가 개봉했거든. 거기서 김홍도가 그림 그리는 장면이 나오는데 저기 정자에서 그렸어."

엄마는 연신 고개를 끄덕거리며 "아, 그래" "어, 그렇구나" 하며 맞장구를 친다. 촬영장 풍경이 신기하기도 할 테지만 아들이 곁들이는 설명이 다정하면서도 대견한가 보다. 설명이 끝나자 기다렸다는 듯 떡 한 쪽을 내 입속으로 밀어 넣는다. 나는 피하다 마지못해 받아먹는다. 이제 곧 또 사과 한 쪽이 따라 오겠지 하고 생각한 순간 입안 가득 떡과 사과 조각이 뒤섞인다. 나는 그냥 어이가 없어 웃는다. 엄마는 쾌재를 부르며 저만치 앞서 재게 달아난다.

온달 드라마 오픈세트장을 두루 돌아본 후 성산을 향해 오른다. 길의 초입에는 나무 계단이 차곡차곡 이어진다. 이럴 때는 엄마의 체력이 고맙다. 당신 몸 건사하는 것이 자식들에게는 최고의 선물이라는 걸 아는 엄마는 매일 쉬지 않고 운동한다. 덕분에 동년배들에 비해 체력이 좋다. 건강검진에서 신체 나이가 다섯 살이나 어리게 나왔다며 자랑이다.

"정상까지 한 시간쯤 걸릴 것 같아. 돌아갈까?"

떠보듯 물어보지만 말이 끝나기 무섭게 엄마가 온달산성을 향해 앞장서 걷는다.

"니는 맨날 컴퓨터 앞에만 앉아 있으니까 운동 좀 해야 돼!"

엄마에게 문제는 산이 아니라 나인가 보다. 나는 뒤따라 걸음을 재촉한다. 엄마는 뒤뚱뒤뚱하지만 딴딴하게 걷는다. 초반의 산세는 제법 가파르다. 경사가 급해지자 숨이 가빠진다. 몇 걸음 더 올라 뒤를 돌아본다. 세트장이 한눈에 들어온다. 궁궐부터 저잣거리까지 어울리지 않을 것 같은 공간들이 옹기종기 모여 있다. 아마도 촬영이 있는 날에는 사람들로 북적대겠지. 타임머신 같은, 감쪽같은 시간이리라.

다시 산을 향해 걸음을 내딛는다. 발끝에 도톰한 흙의 감촉이 느껴진다. 좁은 길은 지나치게 산을 간섭하지 않으며 용케도 제 몫을 찾아낸다. 산행에 적합한 길이다. 우리는 묵묵히 걷는 것에 열중한다. 간혹 새들이 무어라 지저귄다. 서두르지 말라는 이야기겠지. 그래도 발길을 서두른 탓일까. 어느새 길목의 정자 하나가 걸음을 막아선다. 이제는 확실히 쉬었다 가란 뜻이리라.

정자에서 잠시 숨을 고른다. 산 아래 풍경은 넓고 잔잔하다. 지나온 걸음들을 거슬러 세트장을 넘고 영춘교를 둘러본다. 그 아래의 남한강 물길은 다시 긴 줄기를 이루며 단양을 크게 휘감으며 흘러간다. 끊어질 듯 이어지는 그 유유한 흐름이 시끄러운 사람의 걸음을 부끄럽게 만든다. 적막 사이로 부는 바람소리, 나뭇잎이 바스락거리는 소리, 악기 같은 벌레 울음소리. 묻지 않아도 알 수 있는 답을 확인받고 싶어 엄마에게 물어본다.

"좋지?"

"좋아!"

엄마는 가슴 깊은 곳까지 숨을 쉬고는 이제야 살겠다는 듯 크게 뱉어낸다. 나도 따라한다. 어릴 때처럼, 어른 흉내를 내듯이.

"이 정자가 사모정(思慕亭)이야. 바보 온달 이야기 알지? 온달 장군이 여기서 신라군하고 전쟁하다가 전사했거든. 그런데 사모정 근처에서 온달 장군의 관이 움직이지 않더라는 거야."

"그래서?"

"평강공주가 눈물을 흘리고 나서야 그 관이 움직이더래."

엄마가 나를 흘겨본다. 내가 가끔씩 이야기를 꾸며내며 엄마를 놀리는 일이 많은 까닭이다. 나는 슬며시 웃는다. 엄마가 실눈을 뜨며 묻는다.

"거짓말?"

"정말이야."

온달산성은 고구려와 신라의 격전지였다. 고구려 평원왕의 사위였던 온달 장군은 성산의 전장에서 전사했다고 전해진다. 인근 일대는 그 유래를 짐작하게 하는 지명들도 많다. 사모정에서 두런두런 이야기를 나누고 있노라니 가쁜 숨은 금세 가라앉는다. 산이나 계곡의 정자는 늘 풍경 좋고 바람 서늘

한 곳에 있다. 사람들이 걸음이 멈추는 것은 그곳이 쉼터이기 때문만은 아니다. 그 걸음이 쉬는 곳에 쉼터가 생겨났겠지. 엄마는 멀리 남한강 쪽을 바라보며 상념에 잠겨 있다. 당신에게도 그런 자리가 있을까. 언제든 멈춰 서서 깊은 숨을 내뱉을 수 있는 쉼터.

"야호~"

산을 향해 엄마가 느닷없이 소리친다.

"야호~"

잠낀 쉬었다 나시 이어진다. 가느다란 목소리에는 가슴 깊이 숨어서 끄집어내지 못하는 울림이 실려 있다. 긴 시간 동안 쌓이고 쌓여 바위처럼, 화석처럼 단단하게 굳어버린 응어리다. 그 무수한 세월을 뚫고 쉽사리 올라올 수 있을까. 엄마의 목소리에는 아직 그것들로부터 벗어날 힘이 없어 보인다.

"그게 다야? 더 크게 해야 메아리가 돌아오지."

"그런가?"

"어, 엄마는 노래할 때도 그래. 노래는 잘하는데 목소리가 작아."

혹시 마음 상하지 않을까 조심스레 답한다. 저 외침마저도 쉽지 않았을 텐데. 가느다랗게 떨리는 소리의 여운이 말해준다. 다시 엄마가 입가에 두 손을 모으고는 한층 큰 소리로 외친다.

"야~호!"

"더 크게 해봐. 속 시원하게."

엄마는 몇 차례, 점점 목소리를 높여 외친다. 하지만 목소리가 목소리를 따라 겉돌다가 희미하게 사라지는 메아리로 그칠 뿐이다. 바보같이. 혼잣말 하듯 마음속으로 속삭인다. 엄마는 밝게 살려고 애쓰지만 사실 자신을 드러내는 일에는 인색하다. 자신의 감정을 드러내고 자신의 심정을 토로하고 위로받는 것에 익숙하지 못하다. 나는 곁에서 함께 메아리를 불러내려다 만다. 모자가 나란히 푸른 강줄기를 앞에 두고 함께 목소리를 높여도 좋으련만. 내 목소리가 엄마 목소리를 삼킬까 두렵다. 그래도 이만큼이나 목소리를 높인 것도 감사할밖에. 하루아침에 변할 수 있는 것은 많지 않으니까.

"가자, 재미없다."

아무렇지 않은 듯 엄마는 앞장서 산을 오른다. 우리는 다시 걷는다. 낮은 외침이었지만 쓸쓸한 마음을 좀 덜어냈나. 엄마의 걸음에 힘이 붙었다.

"천천히 가자, 김 여사."

"넌 젊은 애가 왜 그 모양이니."

목요일의 성산은 조용하다. 족두리처럼 산성을 이고 서서는 오가는 이들을 너그러이 품는다. 정상이 가까워지자 숲이 울창해지고 길도 험하다. 우리는 열 발쯤 걷고 열 마디쯤 이야기를 나눈다. 지극히 평범한 가족 간의 대화. 아버지나 동생, 혹은 나에 관한. 소소한 기쁨이거나 걱정이거나 또는 그저 생활인 이야기들.

"야, 산성이다!"

비로소 모습을 드러낸 산성은 평판의 돌들이 촘촘한 층을 이루며 가지런히 쌓여 있다. 족히 어른 키의 서너 배는 될 법한 높이의 성은 정상을 빙그르 두르며 700미터 가까이 이어진다. 총 둘레가 683미터에, 높이는 지형에 따라 6~10미터에 이른다. 두께가 3~4미터 정도여서 산성 위를 걸을 수도 있다.

"이렇게 높은 곳에 어떻게 이런 성을 쌓았을까."

엄마는 '신기해'를 연발하며 산성을 세세히 살핀다. 비워진 틈새를 보더니 돌 하나를 주워 맞춰보기도 한다. 산성이 한층 공고해진다. 그 모습이 마치 거대한 산성을 쓰다듬으며 이야기를 나누는 듯하다. 내가 알 수 없는, 엄마라는 외계의 말. 엄마가 산성 위를 홀로 걷는다. 조금 위태로워 보이지만 겁없이 발을 내딛는다. 나는 산성의 사진을 몇 장 담아본다. 사모정보다 시계가 한층 광활하다. 저 거대한 풍경 앞에서 나는 늘 작디 작다. 그래서 '자연은 어머니'라는 말을 종종 실감한다. 이제 자글자글하게 주름이 지고 허리가 굽어가지만 저 작은 몸 안에는 지금도, 그 존재가 사라진 후에도 내가 가늠하지 못할 세계가 있을 것이다. 산성처럼 거대한 그 세계를 내가 다 가늠할 날은 오지 않겠지.

"엄마!"

저만치 산성 위를 걷고 있는 엄마를 괜히 부르며 힘차게 손을 흔든다. 엄마도 화답하듯 손을 흔든다. 새끼손가락만큼 작아 보이는 거리지만 엄마가 웃고 있다는 걸 나는 알겠다.

당신이
담은
아름다운 것들 _안동 하회마을

안동은 영주와 함께 경북 북부 지방의 대표적인 도시다. 영주에서 차를 타고 가면 채 한 시간이 걸리지 않는다. 두 고장은 색깔이 비슷하다. 퇴계 이황의 그림자가 짙고 유교와 선비의 흔적이 큰 줄기를 이룬다. 그래서 내게 안동은 영주와 매한가지다. 아무리 빼어난 명승이라도 좀체 발길이 가지 않는다. 고향에만 가면 단숨에 달려갈 수 있는 지척의 거리니 굳이 욕심내서 부러 다녀올 일이 없는 까닭이다. 그래서 하회마을도 이제야 찾게 됐다. 다시 한 번 가까운 존재들에 무심한 내 성격을 탓해본다.

출장이 있어 하회마을에 다녀와야겠노라, 미리 엄마에게 전화를 해두었다. 엄마 역시 아들의 일에 일조한다는 데 약간의 보람을 느끼는 듯했다. 물론 우리는 퉁명스런 말들을 주고받으며 출장에 나선다.

"너 면허증 언제 땄지?"

"음, 가만 있자, 군대 갔다 와서 복학하기 전이니까 한 십 년 됐네. 그때 외삼촌하고 같이 땄잖아."

무심코 말을 뱉고는 엄마의 눈치를 살핀다. 외삼촌이 돌아가신 지는 이제 막 1년 남짓이 지났고 우리 모두는 까마득한 옛일처럼 잊고 산다만, 하나뿐인 오빠를 잃은 엄마의 마음이 나와 같을 리가 없다. 나는 서둘러 말을 돌린다.

"난 완벽한 무사고 운전자야. 옛날에 아버지랑 김 여사 대신 벌점은 조금 받았지만 말이야. 그것만 아니라면 정말 깨끗했을 텐데."

"무운전은 아니고?"

엄마가 어이없다는 듯 반문한다. 이럴 땐 동문서답이 최고다.

"에이, 김 여사가 있는데 내가 왜 운전을 해."

능청을 떨다가 내친김에 이어질 엄마의 말까지 잽싸게 가로챈다.

"네네~ 다른 집 아들들은~"

그러자 엄마도 피식 웃고 만다. 차는 서서히 영주 시가지를 지난다. 몇 번의 붉은 신호를 만나 잠깐씩 섰다 가기를 반복하며. 내 고향에도 신호등이 명물 취급 받던 때가 있었다. 몇 개 되지도 않는 신호등의 반 정도는 무시하고 지나면 그만이었다. 이제는 교차로마다 신호등이 서 있다. 저녁나절에는 중심가를 따라서 제법 차도 막힌다. 시간이 흐른 만큼 야금야금 변해왔구나. 고향의 옛 모습을 주저리주저리 읊고 있다니 어느새 나도 꽤 나이를 먹었구나 싶어진다. 하기야 곧 엄마가 환갑이다.

"운전 해볼래? 가르쳐줄게."

교외로 나서자 김 기사가 대뜸 제안을 한다. 나는 운전면허증을 따고 복학하기 전 보름 정도 엄마에게 운전 연수를 받았었다. 그 또한 까마득한 옛날 일이다.

"자고로 옛날부터 하지 말아야 할 것들이 있다잖아. 남편한테 운전 배우는 거. 그보다 더 무서운 게 남편한테 운전 배운 엄마에게 운전 배우는 거."

"그래도 여행 다니려면 차가 필요하잖아."

차라도 한 대 사줄 기세로 엄마가 묻는다. 또 모를 일이다. 꼬깃꼬깃 숨겨둔 비상금으로 중고차라도 한 대 사줄지.

"괜찮아. 나는 일을 잘하니까. 차가 없어도 다들 이해해줘."

말은 이렇게 하지만 실상은 엄마의 말이 맞다. '장롱면허증'은 내게 아킬레스건이다. 최소한의 시간에 최대한 많은 것을 보려면 운전이 필수다. 물론 느리게 걸으며 여행지 풍경을 천천히 살피는 것도 참맛이겠지만, 여행이 일이 됐을 때는 이동 시간을 최소화하는 것이 지혜다. 말 안 해도 미루어 짐작한다는 듯, 엄마가 갓길에 차를 세운다.

"내려!"

"아, 괜찮다니까. 나는 운전 안 해."

벌써 반대편으로 돌아온 엄마가 문을 열며 재촉하지만 나는 꿋꿋하게 버틴다. 한 번쯤 운전석에 앉을 법도 하다만 내게는 이상한 고집이 있다. 내키지 않으면 시늉조차 하기 싫을 때가 많다. 약간은 창피한 말이지만, 운전하는 것이 아직은 두렵다.

"또 고집 부린다. 하여튼 저럴 땐 꼭 지 아빠 같다니까."

"왜? 아버지가 어때서."

아들의 모난 성격을 아는지라 엄마도 더 이상 강권하지 않는다. 다시 엄마가 운전석에 앉고 차가 움직인다. 투덜대며.

"남자는 차가 있어야 돼. 그래야 연애도 하지. 집에도 데려다주면서 이야기도 해야 정도 들고. 그래서 니가 애인이 없는 거야."

역시 엄마의 진짜 속내는 다른 데 있었다. 출장길의 운전이 아니라 내 연애전선이다. 나이 먹고 혼자 사는 아들이 당신 보기에 얼마나 답답했으면 저러실까.

"나는 못 만나는 게 아니라 안 만나는 거야. 김 여사는 아직 아들의 매력을 잘 몰라서 그래. 나 좋다는 여자 많다니까."

"네네~ 어련하시겠어요. 누구 아들인데요."

엄마는 아들의 마음이 상하지 않는 선에서 이야기를 멈춘다. 그럴수록 나는 또 마음 한구석이 흔들린다. 엄마의 길지 않은 남은 인생과, 아직은 멀게만 느껴지는 내 남은 인생을 양손에 쥐고서 잠깐 저울질을 해본다. 내가 더 힘껏 노력해야 하나 싶다가도 그것이 진짜 엄마가 바라는 미래는 아닐 거라며 스스로를 설득하지만 사실 문제는 내 이기심이라는 걸 잘 알고 있다. 욕심이란 버리고 싶어도 쉽게 버려지는 게 아니다. 내겐 많고 엄마에겐 모자란 것이 욕심이다. 다시 엄마의 인생에 이르자 머릿속이 어수선해진다.

영주에서 하회마을 가는 길은 생각보다 멀었다. 그저 안동 시내인 줄로만 알았는데 시내에서 좀 벗어나 풍천면 하회리까지 가야 했다. 영주에서부터 족히 한 시간은 걸린 것 같다. 인근에 이르면 하회마을다운 풍모들이 드러나는 게 어쩐지 두근두근하다. 장승도 여럿 나오고 헛제삿밥과 간고등어구이 같은 안동의 토속음식을 파는 식당도 속속 등장한다. 낙동강의 물줄기도 간헐적으로 눈에 띈다.

엄마는 또 지나가는 풍경들을 하나하나 세밀화처럼 묘사하며 감탄한다. 입 밖으로 내놓지 않고서는 마음이 간질거려 견딜 수가 없나 보다. 이럴 때 보면 엄마는 감정 표현이 참 솔직한 사람인 것 같다. 꽃에게, 나무에게, 들에게, 산에게 끝없이 말을 건넨다. 주변 사람들에게도 그렇게 자신의 마음을 드러내면 좋으련만. 그 말들도 잘 들어보면 줄곧 칭찬의 말이다. 엄마의 감성은 사람에게나 자연에게나 별반 다르지 않다. 저것이 엄마가 세상과 소통하는 방법인가. 칭찬과 긍정의 말들. 추함보다 아름다움을 먼저 발견해내는 눈. 그럴 때마다 참 존경스런 사람이구나 싶다. 내가 존경할 만한 사람이 내 어미라 참 다행이구나 싶다.

하회마을은 풍산 류씨의 집성촌이다. 마을 전체가 중요 민속자료 제122호로 지정돼 있다. 초입에는 장승 공원이라 불리는 목석원이 다채로운 모양새의 장승들을 전시하고 있다. 닮은 듯 저마다 다른 얼굴이 작은 공간에 모여 솟대처럼 서 있다. 화난 듯도 하고 웃는 듯도 하고 인간사 오만상이 부리부리한 눈빛 속에 숨어 있다.

한옥들 사이를 지나 양진당(養眞堂)이라고도 불리는 입암(立巖) 고택과 충효당을 먼저 돌아본다. 하회마을의 대표적인 고택이다. 양진당은 풍산 류씨 겸암파의 대종택이다. 사랑채를 둘러보고, 안채를 걷는다. 고려와 조선의 양식이 고루 녹아든 집이다. 충효당은 서애 류성룡 선생이 돌아가신 후 그의 문하생들이 후손들과 함께 지은 사당이다. 몇 해 전 영국의 여왕 엘리자베스 2세가 다녀가 화제가 되기도 했다. 바깥마당에는 기념식수가 그 증거로 서 있다. 하회마을의 수많은 고택 가운데 꼭 다녀와야 할 필수 코스로 꼽힌다.

어느 때부터인가 한옥이 주는 안온함이 좋아졌다. 뒤늦게 청국장 맛을 알아가는 것처럼 몸보다 마음이 먼저 다가가 기댄다. 시간이 흘러도 기운을 잃지 않는 처마의 날렵한 그늘이 아름답다. 공간을 여닫으며 비밀스런 속내를 차례차례 드러내는 한옥의 구조 또한 마음을 끈다. 그것은 미로지만 일직선의 미로다. 사람의 마음에 다가서는 길이 있다면 꼭 한옥의 동선과도 같지 않을까. 엄마는 고운 나이테가 그려진 한옥의 기둥이며, 마루며, 대문이며를 손끝으로 어루만지며 혼자 무어라 속삭인다.

엄마의 눈길은 삼신당 느티나무에 가서 멈췄다. 고운 돌담을 따라 모퉁이를 돌아서니 집채만 한 나무 한 그루가 버티고 서 있다. 수령이 600년이나 됐다. 거대한 몸통은 땅 속 깊이 뿌리박혀 있고, 웬만한 나무보다 큰 가지는 서로 얽히고설켜 있어 연리목을 보는 듯하다. 그 크기만으로도 사람을 압도한다. 그러니 삼신당 느티나무에 해를 끼치면 재앙이 온다는 소문도 무성했겠지.

삼신당 느티나무는 마을의 중심부에 있다. 하회마을과 역사를 같이한다. 대보름 때 마을 제사와 하회 별신굿의 춤판이 가장 먼저 행해지는 장소다. 뭔가를 기원하는 마음은 수백 년이 흘러도 변함이 없다. 사람들의 소망을 담은 증표들이 나무를 빙 두르며 연서처럼 걸려 있다. 젊거나 늙거나, 부유하거나 가난하거나, 건강하거나 아프거나 세상 모든 사람들은 소망 한 줄에 삶을 지탱하고 견디는 모양이다. 가족의 건강과 사랑의 기원과 또는 글자로 눌러 쓰지 못한 애틋함이 나무의 양분을 먹고 꼬깃꼬깃하게 자란다. 우리는 나란히 느티나무 주위를 돌았다. 독실한 기독교 신자인 엄마는 간절한 기원보다는 그저 진귀한 듯 주변을 돌지만, 한편으로 당신의 신을 향한 기도를 더하고 있겠지.

초가와 기와집의 무리를 따라 걸으니 엄마는 옛 기억이 떠오른 모양이다. 백리에 있는 엄마의 고향집과 동네를 빗대 이것저것 이야기를 들려준다. 내게도 그림처럼 그려지는 이야기들. 불현듯 옛날 사진첩에 있던 단발머리의 엄마 얼굴이 떠오른다. 주름 하나 없는 앳된 웃음. 엄마의 얼굴에는 지금도 반달처럼, 그늘처럼 살포시 내려오는 그 눈웃음이 여전하다.

"옛날 생각나?"

"그냥 하는 말이지. 생각하면 뭐 하나. 이제 아무도 안 사는데."

그렇구나. 엄마의 고향도 이제 조금씩 자취를 잃어가는구나. 고택이 허물어지는 것보다 더 허망한 것은 사람들이 사라지는 것이다. 그 자리에 마지막 자취처럼 봉긋한 무덤들이라니. 그것이 그나마의 위안이라니. 죽은 자의 음식인데 산 자들의 입맛을 다시게 하는 헛제삿밥처럼, 산다는 게 어쩐지 아이러니컬하다.

하회마을을 둘러본 후 부용대로 걸음을 옮긴다. 하회마을과 부용대는 화천이라고도 불리는 낙동강 상류의 줄기를 사이에 두고 있다. 화천은 연화(蓮花)에서 따온 이름으로, 연화는 하회마을의 지형을 묘사한 말이다. 강이 크게 마을을 감싸 안고 흐르는 모양이 예천의 회룡포나 영주의 무섬마을과 비슷하다. 그 모습이 마치 강 위에 떠 있는 연꽃과 같다 해서 연화부수형(蓮花浮水形)이라 부른다. 연꽃을 닮은 하회마을을 보기에는 역시나 부용대가 제일이다.

부용대는 하회마을의 강변에 우뚝 서 있는 기암절벽이다. 부용이라는 뜻이 연꽃을 뜻하는 중국의 고사에서 빌려온 것을 보면, 그 이름부터 하회마을을 품고 있는 셈이다. 지난 겨울에 다녀온 단양의 북벽이 떠오른다. 닮았지만 다른 매혹이 있다.

하회마을에서 바라본 부용대의 기암도 환상적이지만 나는 부용대에서 바라보는 하회마을과 화천의 풍경이 좋다. 마을을 이루는 군락보다는 외따로 떨어져 있는 부용대 주변의 화천서원이나 옥연정사 혹은 겸암정사가 더 좋다. 적당히 외딴 고택들은 은밀한 동경을 안긴다. 보통은 사람들과 부대끼며 그 체온을 두드리며 살고프지만 여행길에서는 한 걸음 떨어져 삶을 사색할 수 있길 바란다. 엄마와의 여행도 마찬가지다. 북적대는 사람들 속에서 그들의 삶을 지켜보는 일도 재미있지만, 조용한 산책로를 따라서 좀 더 속 깊은 이야기를 나눠보기도 하는 것이다.

하회마을과 부용대 사이로는 나룻배가 오간다. 그 배를 타고 화천을 건너면 옥연정사에 이른다. 배용준이 주연한 영화 「스캔들: 조선남녀상열지사」에서 숙부인이 머물던 우화당으로 나온 장소다. 역사적인 의미도 깊은 곳이다. 서애 류성룡 선생은 옥연정사에서 임진왜란을 회고한 『징비록』(국보 제132호)을 썼다. 하회마을이 자랑하는 문화재로 임진왜란 연구에 기본이 되는 사료다. 거창한 전란의 기록은 아니지만 엄마도 가끔 메모를 한다. 책상 앞에 정좌를 하고 무언가를 집필하는 것은 아니지만 가계부를 쓰고 일기를 쓰듯 짧은 메모를 한다. 그곳은 길이기도 하고, 버스 안이기도 하고, 또 다른 어딘가이기도 하다. 나는 그 모습을 본 적이 없지만 언젠가 당신이 건넨 말이 신기한 사건으로 다가온 적이 있다. 서울에 올라온 어느 날, 외출을 다녀온 엄마가 말했다.

"볼펜이랑 종이 같은 거 있으면 좋았을 텐데."

"왜?"

"적으려고."

"뭘 적어?"

그녀는 지하철에서 있었던 일을 들려주었다. 몸에 문신이 있는 한 중년 남자 이야기였다. 험상궂은 생김새의 그 남자가 장애인에게 천 원짜리 한 장을 건네더란다. 정작 자신의 신발은 밑창이 떨어진 채였다. 엄마는 '저 사람이 돈이 많았다면 참 많은 사람을 도왔겠지' 하는 생각이 들더란다. 그이는 또 옆자리의 꼬마가 넘어지려 하자 재빠르게 안아주었다. 그러자 꼬마 녀석은 위기에서 구해준 줄도 모르고 놀라서 울었다. 그 중년 남자는 어쩔 줄 몰라 하고 먼발치에서 지켜보던 아이 엄마는 가볍게 웃더란다. 우리의 일상에서 종종 만나지는, 소소하고 따뜻한 삶의 풍경이었다. 엄마는 그것을 짧은 메모로 남겨두고 싶다고 했다.

"적어뒀다 뭐하게?"

"나중에 읽어보면 생각나고 좋잖아."

"뭐가 좋아?"

"그래도 사람들은 착하게 살아가는구나 해서."

메모를 하고 싶다는 것도 뜻밖이었고 그 이유도 뜻밖이었다.

"그런 거 자주 메모해?"

"어, 지하철이나 버스 탈 때 사람들 보면 재밌는 일들이 많아. 그런 걸 적어뒀다가 나중에 읽어보면 그때 사람들이 그랬지 하는 게 떠올라서 기분이 좋아져."

옥연정사의 담장 너머로 보이는 화천과 하회마을을 한참동안 바라보다가, 마루에 펼쳐놓은 싹이 오른 감자 몇 알을 살피고, 내 키보다 높이 쌓아둔 장작더미를 지나쳐 화천서원을 끼고 부용대로 오르는 길에, 나는 두서없을 엄마의 메모가 떠올랐다. 맞춤법과 띄어쓰기가 적당히 무시되는, 묘사라기보다 기록에 가까울 엄마의 메모. 세련되거나 멋지지 않지만 당신만이 읽어낼 수 있는 언어들. 그것은 아마도 엄마의 시편이 아닐까. 내 기억에 엄마는 글보다는 말이, 책상보다는 계산대가 익숙한 사람이었는데.

❀

카메라를 자동 모드로 돌린다. 여행길에 늘 휴대폰 카메라로 피사체를 담는 엄마다. 그 또한 나름의 메모이자 시편이고 소설이었겠지. 엄마만의 창작품. 문득, 엄마에게 카메라도 좋은 길동무가 될 수 있지 않을까 하는 생각이 들었다. 지방에 출장을 가면 덩치 큰 카메라를 들고 여행지를 누비는 백발의 어르신들을 자주 만난다. 당신들은 풍경을 앞에 두고 더할 나위 없이 진지하다. 셔터를 누를 때마다 자신들도 모르게 활짝 웃는다. 그이들에게 사진의 좋고 나쁨은 의미가 없다. 세상과 소통할 수 있는 새로운 언어가 그들을 들뜨게 한다는 게 중요하다. 한 발자국 떨어져 그들을 보며 엄마도 저들처럼 당신만의 언어를 찾아낼 수 있다면 하고 바라다가 금세 잊곤 했었다. 부용대를 오르면서 내 기억이 용케도 그 일을 떠올렸다.

"자동으로 해놨거든. 그냥 마음대로 찍어봐. 여기 네모난 거 보이지? 여기로 보고 오른쪽 위에 버튼을 누르면 찍혀."

"나 찍을 줄 몰라."

당황하긴 했어도 싫진 않은 표정이다. 자동 모드로 설정된 카메라가 엄마의 손으로 넘어간다.

"몰라도 돼. 그냥 보이는 대로 예쁘고 좋은 거 찍어봐."

새로운 장난감을 손에 쥔 아이처럼 엄마가 카메라를 얼굴 가까이 가져간다. 운전대를 잡듯 양손으로 꼭 쥐고서 뷰파인더 너머의 세상을 살핀다. 샬칵. 또 샬칵. 경쾌한 셔터 소리가 오솔길을 따라 퍼진다. 엄마 곁으로 가 당신이 찍은 사진들을 액정 화면에 띄워 보여준다.

"오, 잘 찍었네. 김 여사 감각 있다니까."

"그러냐? 내가 좀 그렇긴 해. 호홋."

엄마는 금세 좋아라 하며 연신 셔터를 누른다. 꽃을 찍어보기도 하고 하늘을 찍어보다가 돌아서서 나를 찍기도 한다. 그렇게 부용대를 오르는 길에 몇 장의 사진을 찍고서는 정상에 오르자 다시 내게 카메라를 건넨다.

"풍경 좋구나. 자, 이제 일해."

눈앞에는 강줄기를 따라 굽이치는 화천과 그 품에 안긴 하회마을이 펼쳐진다. 가슴이 탁 트이며 후련해진다. 강 너머 하회마을이 장난감 같아 보인다. 강둑을 거니는 사람들과 하회마을과 옥연정사를 오가는 나룻배도 운치를 더한다. 나는 풍경들을 향해 한 걸음 다가선다.

"아이쿠 무섭다, 조심해. 위험하잖아."

"괜찮아, 이 정도는."

"그만 가라니까."

부용대 아래는 곧장 절벽이다. 강물을 향해 깎아지르는 절벽 위에 선 아들이 엄마 보기에는 그리도 위태로운가. 당신 말대로 곱게 한 걸음 뒤로 물러선다.

"여기 진짜 멋지다. 하회마을은 온 적 있는데 여기는 처음 와봐."

"무섬마을이랑 비슷하지?"

"무섬마을은 이렇게 높은 데가 없잖아. 여기서는 저 강하고 마을하고 다 보이니까 속이 다 시원하다. 여행 작가 아들 둔 보람이 있네."

"그러니 아들한테 잘하라고."

실없는 소리를 하며 부용대의 절경을 뒤로하고 겸암정사를 향해 걷는다.

옥연정사에 서애 선생이 거했다면 겸암정사는 그의 맏형인 겸암 류운룡의 공간이다. 역시 화천이 내려다보이는 언덕에 있다. 퇴계 이황이 쓴 겸암정(謙庵亭)이라는 현판 아래서 푸른 강줄기를 품어본다. 겸암정은 여느 정자와는 달리 서당의 역할을 했다. 화천을 마주하는 '一'자형의 바깥채와 뒤쪽의 'ㄱ'자형 안채로 이뤄져 있다. 우리는 조용히 바깥채를 지나 후문 바깥의 능허대까지 걷는다. 곱게 쌓아둔 기와들이 물가와 경계를 긋는다. 역시나 강 풍경을 담기에 좋은 장소다. 그 앞에서 한참동안 화천을 바라보다가 침묵을 깨고 물어본다.

"엄마 카메라 사줄까?"

"왜?"

"그냥. 있으면 좋잖아. 카메라로 찍으면 사진도 더 잘 나오고. 취미로 삼아도 좋고. 심심하지 않고 재밌잖아."

"비싸잖아. 그런 걸 돈 주고 왜 사. 싫어."

"찍기 편하고 안 비싼 것도 많아."

음식이건, 여행이건, 그 어떤 것이건 자식이 돈 쓰는 일에는 몹시도 야박한 엄마다. 나는 달래듯 재차 권해본다.

"필요 없어. 그리고 그건 내가 보고 싶을 때 꺼내볼 수도 없잖아."

"그게 무슨 말이야?"

"휴대폰은 항상 가지고 다니잖아. 그러니까 휴대폰으로 찍어두면 내가 보고 싶을 때 언제든 볼 수 있잖아."

"그래도 김 여사도 취미 같은 거 하나 만들면 좋을 텐데."

그렇게 말은 했지만 사실 엄마의 휴대폰 속 사진을 훔쳐보며 나는 마치 카운터펀치를 맞은 것 같았다. 거기에는 지나온 길 위의 꽃 사진 몇 장과 푸른 강, 하회마을의 풍경이 담겨 있었다. 하회탈과 장승의 모습도 있고 사진 찍기에 여념이 없는 내 사진도 몇 장 있다. 하회마을은 물론, 북벽에서, 선비촌에서, 무섬마을에서 사진 찍는 나를 찍은 엄마의 사진이다. 함께 나들이를 나가면 엄마가 나의 뒷그림자를 따라올 때가 있었다. 그때 몰래몰래 찍은 사진이겠지. 그리고 재작년에 만났던 조카의 사진. "더 주세요"라는 표정으로 손을 내민 아이의 사진. 그 표정이 너무도 귀여워 엄마는 몇 번이나 과자조각으로 손자를 꼬드겼던가. 조카의 엄마이자 지금은 호주에 사는 동생의 사진도 있다. 엄마가 사랑하는 것들이 한자리에 모여 있는 것이다. 휴대폰을 사고 난 이후부터 엄마의 역사가 가득했다.

그 사진들을 보고 있노라면 절로 웃음이 난다. 그도 잠시, 또 마음이 일렁인다. 엄마가 꺼내보고 담아내는 아름다운 것들은 이런 모습을 하고 있구나. 당신은 풍경만이 아니라 사람만이 아니라 사랑하는 모든 것들을 찍고 있었구나. 고개를 멀찌감치 뒤로 빼고서는 마치 돋보기를 쓰고 글을 읽듯 휴대폰을 쥐고서는 그립고 애틋한 마음을 품고 있었구나.

순간, 알 수 없는 죄책감이 밀려들었다. 이제 당신에게 나와 동생은 품기엔 너무 커버려 주머니 속에 있는 휴대폰에서 더 자주 만나는 존재가 돼버렸구나. 자식이 크면 부모의 품을 떠나는 것이 당연한 이치이건만, 부모라는 이해할 수 없는 존재들에게 가끔 한없이 미안해진다. 부모의 자식 사랑에 이유가 없듯, 자식의 죄의식에도 이유가 없다. 한 끼에 만 원을 넘어버린 식사가 죄스럽고 하루 저녁 10만 원을 넘어버린 술값이 죄스럽고 연인을 위해 무심코 그어버린 선물의 카드 할부가 죄스럽고 그 모든 죄스러움이 죄스럽고, 나보다 가난한 어미가 쌈짓돈을 떠안길 때의 그 표정이 애틋하고 밉고도 죄스럽다. 주머니에서 꺼내 보는 휴대폰의 사진만도 못한 자식이 뭐라고. 이토록 신파 같은 부모와 자식의 관계는 도대체 무얼까. 몇 번도 더 본 엄마의 휴대폰 속 사진들을 자꾸만 넘기고 또 넘겨본다. 그래도 도무지 알 수가 없다.

와삭하고

와삭하며

부서지는 마음 _제천 청풍명월

옥순대교를 지나다가 차를 세웠다. 제천과 단양의 경계지점이다. 제천의 청풍명월로 가는 길, 그 거침없는 산세와 물길의 조화에 저절로 멈추게 된다. 엄마가 늘 자랑하는 단양의 산수다. 엄마는 풍기 사람 치고 단양에 대한 친밀도가 굉장히 높다. 전국 어디를 다녀봐도 남한강과 소백산의 능선이 어우러진 단양의 경관이 제일이란다. 이곳 자연의 어떤 부분이 엄마의 마음을 사로잡은 것일까. 단양을 지날 때마다 그 답을 찾곤 하지만 딱 부러지게 정의내리기가 쉽지 않다. 물론 풍광이 빼어난 것만은 부정할 수 없다.

처음에는 큰 이유 없이 차를 세웠다. 급한 일도 없으니 잠깐 쉬면서 경치나 감상하자는 생각이었다. 그러다 옥순대교 옆으로 난 산길을 발견했다. 그 길의 끝자락에 정자가 있는 듯했다. 우리는 별 고민 없이 바로 계단을 올랐다. 고도가 높아지니 점차 시계가 넓어진다. 눈이 누릴 수 있는 호사도 한층 풍요로워진다. 옥순대교도 한눈에 들어온다. 단양의 수산면과 제천의 청풍면을 잇는 현수교의 붉은색 철근 골격이 충주댐으로 들어서는 남한강의 푸른 물결과 절묘한 대비를 이룬다. 주변으로는 옥순봉을 비롯해 구담봉과 어우러진 절벽들이 기세등등하게 호위하고 있다. 기대치를 훨씬 넘어서는 아름다움이다.

"단양은 올 때마다 좋은 것 같아. 저 산이랑 바위 좀 봐. 사람들한테 만들라고 해도 저렇게는 못 만들거야."

엄마가 가리키는 손끝에 옥순봉이 있다. 선비의 절개를 닮았다는 바위다. 퇴계 이황은 '희고 푸른 바위들이 대나무순 모양으로 힘차게 치솟아 절개 있는 선비의 모습을 하고 있다'고 탄복하며, 옥순봉(玉筍峰)이라는 이름을 붙였다. 퇴계가 단양 군수로 있던 시절 그곳이 얼마나 마음에 들었으면 청풍 부사에게 옥순봉을 달라고 청했을까. 이를 거절하자 당신 맘대로 암각까지 했고, 청풍 부사는 그 글씨에 반해 옥순봉을 주었다는 전설도 있으니 달리 단양팔경이 아닌 듯했다.

우리는 옥순대교의 팔각정에 앉아 망중한을 즐겼다. 막 기울어지기 시작한 오후의 틈새로 따스한 햇볕이 비스듬히 스며들고 있었다. 드넓은 자연과 마주하고 있노라면 사는 게 의외로 단순명료해진다. 바람결에 욕심이 씻겨나가서일까. 아니면 초록의 너그러움이 주는 안도감일까. 산다는 게 그리 단순할 수가 없는데 말이다. 나른한 생각의 사이로 엄마의 바람 같은 음성이 스친다.

"어떻더냐?"

앞도 뒤도 없는 짧은 질문. 하지만 그 간결함으로 저 말이 당신의 입속에서 몇 번이나 맴돌았을지 짐작이 간다. 아니면 내가 엄마의 맘에서 서성대는 목소리를 들었지 싶기도 하다. 짧은 고해성사라도 해야겠다 싶었다.

"음, 잘 만났어."

옥순봉에서 시선을 돌려 잠시 나를 바라보곤 엄마는 다음 말을 기다린다. 나는 수섬주섬 다음 말을 덧붙인다.

"괜찮은 사람 같았어."

엄마는 무슨 말을 꺼내려다 만다. 나는 이참이다 싶어 화제를 돌린다.

"내려가자. 이러다 청풍명월 가기 전에 해 떨어지겠다."

모처럼 내가 앞서 걷는다. 이번에는 엄마가 말없이 내 뒤를 따른다.

엄마가 소개한 누군가를 만나고 오는 날이면 이처럼 짧은 경과 보고가 이루어진다. 이제 30대 후반을 향해가는 아들의 답은 늘 간결하고 지극히 형식적이다. 알맹이가 없는 말들. 글 써서 밥 먹고 산다는 놈이 처음 만난 사람의 느낌을 단어 몇 개로 요약해버리는 거다. 누군가를 길게 설명한다는 일이 내겐, 새로운 사람을 만나는 것만큼이나 힘들다. 그 마음을 잘 아는지 엄마도 길게 묻지 않는다. 마음에 담아두는 말들, 목까지 차올라도 뱉어내지 못한 말들이 얼마나 많을까. 난들 왜 모르고 엄마인들 왜 꺼내고 싶지 않을까. 하지만 그냥 그런 거다. 우리는 그렇게 타협하며 서로를 이해하려 한다. 나는 이제 엄마가 건네는 선이라거나 늦은 나이의 소개팅이라거나 하는 만남의 청을 거절하지 않고, 대신 엄마는 그 결과에 대해 지나치게 추궁하지 않는다. 비단 여행길에서 뿐이랴. 엄마와 나는 이제 이렇게 여러 가지 소통의 방도를 모색한다. 시간이 가져다준 처방전인 셈이다. 아들과 엄마는 이렇게 서로에 대한 기대를 약간씩 포기하면서 서로의 바람에 한층 더 다가서는지도 모르겠다.

"여기서부터 청풍명월이야."

얼마나 달렸을까. 엄마가 안내를 시작한다. 나는 알고 있지만 모르는 척한다. 작년에 잠시 영화 촬영장에서 일한 적이 있다. 그때 한 달 동안 제천, 그것도 청풍명월에서 가까운 폐교에서 머물렀다. 시간이 날 때마다 동료들과 주변의 구석구석을 드라이브하며 돌아다니기도 했다.

"저기 보이나. 저 길로 가면 영화 촬영장이 있어. 그리고 너 번지점프 해봤나? 번지점프 하는 곳도 있고, 호수에 분수도 있고 그래. 얼마나 멋진데."

엄마가 말하는 영화 촬영장은 청풍문화재단지에 있다. 이준기가 주연한 드라마 「일지매」의 촬영지로 유명한 SBS 세트장이 있다. 단지 내에는 세트장 외에도 보물급 문화재를 비롯한 옛 가옥이 많다. 충주댐 공사로 수몰될

위기에 처한 문화유산을 이전 복원한 까닭이다. 정상까지 30분 정도 걸어서 오르면 청풍호 일대의 풍경을 품을 수 있어 전망대 구실도 한다. 여름철에는 백일홍을 보는 재미도 쏠쏠한 청풍호의 대표적인 관광지다. 좀 더 길을 가다 도로에서 무암사 방면으로 접어들면 영화 「신기전」의 세트장도 있고, 호수 쪽으로는 세트장 관광지의 원조 격인 드라마 「태조 왕건」 해상 세트장도 있다. 청풍호반을 끼고 달리는 길이라 드라이브 코스로도 각광받는 관광지다. 봄에는 12킬로미터 가까이 호반을 낀 길가로 벚꽃이 장관을 이룬다. 가을에는 벚나무 단풍도 볼거리다. 나는 넌지시 엄마에게 여행 정보를 전한다.

"여기 벚나무가 많아서 봄에 오면 벚꽃이 진짜 예쁘대."

"아쭈, 그래도 조경학과라고. 내가 헛공부시키지는 않았나 보네."

우리는 호반을 따라 차를 달린다. 청풍호에서는 느린 속도로 굽이치는 길을 따라 차창 너머 풍광을 감상하는 게 제일이다. 옥순봉에서 조금 지체한 탓일까. 어느새 해가 슬슬 서산 너머로 고개를 숙이려 한다. 붉은 기운이 조금씩 몰려든다.

"번지점프 하는 데 가보자. 청풍랜드."

은근히 엄마를 재촉한다. 청풍호에서 노을을 감상하기에는 청풍랜드가 좋다. 굳이 높은 전망대를 찾아 움직일 필요도 없이 길가에서 곧장 이어지니 동선도 편리하다. 김 기사가 속도를 높인다. 차창을 내리자 바람이 닥친다. 이제 조금씩 가을 냄새가 난다.

청풍랜드는 그새 약간 변해 있었다. 만남의광장에서 호반으로 내려가는 길이 열렸다. 그 길을 따라 높낮이를 딜리하며 헤질녘의 풍경을 감상할 수 있게 됐다. 어느덧 해는 산 너머로 내려앉을 준비를 하고 있다. 산을 비추고 다시 산에서 번져 호수 위로 스며든 붉은빛은 구슬 소리를 내며 물 위를 걷는 듯하다. 그 장대한 붉음이라니. 엄마를 뒤로하고 서둘러 차에서 내린다. 카메라를 들고 이곳저곳 자리를 옮겨가며 노을의 풍경을 담는다. 쉽사리 감당할 수 없는 뜨거움이다. 카메라의 노출을 조절하고 여분의 빛을 밀어낸다. 하루의 빛이 저물며 농밀한 갈무리를 하고 있다. 부여잡으려 해도 속절없이 산 아래로 침식해 들어간다. 셔터를 누르는 손이 자꾸 조급해진다. 붉은빛은 야속하게도 절반이 숨어들고, 또 그 절반의 절반이 숨어들고, 조각난 마지막 절반마저 미련 없이 사라진다. 채 식지 않은 열기만이 붉은 여운으로 남았다. 저마저도 곧 밤의 집합에 한 줌의 어둠으로 숨어들겠지. 나는 꼭꼭 눌러 참았던 숨을 내쉬어본다. '털썩' 하는 소리가 나도록 카메라를 쥔 팔을 내린다. 내 기억은 저것을 잊지 않을까? 글쎄, 잊지 않을 자신은 있다. 미지막 셔터를 누르고 그제야 엄마 쪽을 돌아본다. 엄마는 엄마대로 나와 한참 떨어진 면발치에서 마지막 빛을 응시하고 있다. 각자에게 주어진 환상의 빛처럼.

청풍명월에서 돌아오는 길, 차 안에서 나는 엄마를 슬쩍 곁눈질한다. 부처

같은 표정이다. 한없이 너그럽지만 움직임을 감지할 수 없는 부동의 얼굴. 미안하다. 옥순봉에서부터 줄곧 그랬다. 엄마는 지금 무슨 생각을 하고 있을까. 말이 없지만 내게는 엄마 목소리가 들린다. 아들이 아니라 착잡한 짐이 된 기분이다. 나는 죄인 같은 표정으로 창밖을 응시한다. 뭉개지며 빠르게 지나가는 어둠. 저것이 시간일까. 나이를 먹을수록 점점 속도가 빨라진다는 시간의 법칙. 환갑이란 단어가 이토록 무겁다니. 하지만 움직이지 않는 사람의 마음을 어찌할까. 막연히 시간에 떠밀려 새로운 시작을 열고 싶지 않은 이기심은 나도 아직 어찌할 수 없다. 오만 가지 생각이 머릿속을 휘젓고 다닌다.

"뒷자리에 까만 비닐봉지 보이지?"

역시나 엄마가 먼저 침묵을 깬다. 더 미안해진다. 몸을 돌려 뒷좌석에 있는 까만 비닐봉지를 열어보니 빵과 사과다.

"목마르다. 깎아."

무심하게 명령하는 그 말이 왜 그리도 다정하게 들리는지. 눈물이 왈칵 쏟아질 것 같다.

"목마르면 물이나 마실 일이지. 아들한테 일 못 시켜 환장한 팥쥐 엄마 같구만."

"아버지가 이야기 안 하더나? 엄마가 계모라고?"

"계모라고는 했는데, 이 정도로 지독할 줄은 몰랐지."

"나도 아들 하나 있다고는 들었지만 이 정도로 말 안 들을 줄은 몰랐지."

다시 주거니 받거니 농담을 하다가 나는 칼을 들고 정성스레 사과를 깎기 시작한다.

"그래도 사과는 잘 깎네."

"사과도, 잘 깎는 거지."

사각사각 붉은 껍질이 깎여나가는 소리가 침묵을 깨운다. 껍질을 벗겨낸 사과를 잘라 엄마에게 건넨다. 엄마는 한 손으로 운전대를 잡고 다른 한 손으로 능숙하게 건네받는다. '와삭' 하고 사과 깨무는 소리가 경쾌하다. 다시 잘게 쪼개지는 사과소리. 와삭하고 와삭하는. 나도 남은 사과를 입에 넣는다. 와삭하고 와삭하는 소리가 좁은 차 안에 울린다. 우리는 한참 동안 그렇게 사과소리를 들으며 밤의 청풍 호반을 지났다. 달이 밝게 떠 있었다.

사랑받는 것에
인색한
당신 _서울 대학로

  병원에서 엄마의 종합건강검진 결과를 확인하고 나온 후, 우리는 대학로
에 서 있었다. 동생이 준비한 엄마의 환갑 선물은 종합건강검진이었다. 환갑
이야 아직 저만치 남았다만 날짜 잡기가 좀처럼 쉽지 않았다. 그보다 더 어
려운 것이 엄마를 설득하는 것이었다. 스스로 늘 건강하다고 주장하는 당신
이고 물론 그 또한 거짓이 아닌 사실이다. 엄마의 생활을 보면 수긍이 간다.
그래도 모르는 게 사람 일이고 또 사람의 몸이다. 어디 내 맘 같기만 할까.
환불과 환불불가의 숱한 줄다리기를 거친 끝에 이뤄진 검진이었다. 엄마의
건강을 철석같이 믿는다 해도 일말의 걱정은 어쩔 수 없었다. 결과가 나오는
날, 엄마는 태연했지만 나는 은근히 걱정이 됐다. 다행히 편도선과 콜레스테
롤 수치 외에는 큰 문제가 없었다.
  "거 봐. 내가 괜찮다고 그랬잖아. 괜히 쓸데없는 짓만 하고."

엄마,

우리 여행

갈까

"그게 왜 쓸데없는 짓이야. 멀리 있는 딸이 엄마 환갑 못 챙겨주는 게 미안해 뭐라도 해주고 싶어 그러는 거잖아. 그럴 때는 제발 못 이기는 척 좀 받아. 누가 김 여사 건강한 거 모를까 봐 그래?"

단단히 마음먹고 엄마를 타박한다.

"나는 사랑을 주는 것만큼이나 사랑을 받을 줄 아는 마음도 소중하다고 생각해. 엄마 마음만 편하면 그만인가. 자식 마음도 생각해야지. 김 여사는 그게 부족해."

서른 하고도 중반을 넘으니 부모와 자식의 관계도 변한다. 언제부터인가 엄마나 아버지에게 제법 강하게 내 주장을 전하게 됐다. 한편으로는 부모님의 자존감이나 권위를 해치지 않도록 조심한다. 그 마음을 알겠는지 당신들도 내 목소리에 귀를 기울인다.

"부모 마음은 안 그래. 너도 자식 낳아 키워보면 알 거야. 아무튼 아들 충고는 접수할게."

몇 년 전 아버지가 위암 수술을 하셨다. 아버지가 한참 동안 입원했던 그 병원에서 엄마의 종합건강검진을 했다. 나로서는 만감이 교차했다. 엄마인들 안 그랬을까. 그러기에 이날만큼은 내 말에 쉽게 백기를 들었다.

"좋아. 그럼 온 김에 대학로 구경이나 하고 가자."

"왜 또 어디를 가려고?"

저 말은 '왜 또 돈을 쓰려고?'라고 묻는 것이다.

"돈 드는 데 아니야. 그냥 산책이나 하자."

"좋은 데 있나?"

"아들 몰라? 이래 뵈도 서울 책 썼잖아. 친구들은 시도 때도 없이 전화해서 어디가 좋냐 물어요."

병원 앞 횡단보도를 건너 낙산이 있는 이화동 방향으로 걷는다. 대학로와 낙산 사이에는 몇 해 전 재미난 공간이 탄생했다. 낙산 공공미술 프로젝트다. 원래 봉제공장이 즐비하던 대학로 뒤편, 그러니까 낙산 아래 산동네에 예술을 결합시키는 작업이었다. 그 결과 낙산 아래 산동네가 새롭게 변신했다. 꽃계단과 남매인 듯한 봉제공장 공원들의 벽화와 난간 밖으로 걸어나간 가방을 든 남자와 강아지의 조각상 등 꽤나 재미난 것들이 많은 길이 됐다. 대학로의 청춘을 느끼기에도 안성맞춤이다. 무엇보다 낙산 산책로를 따라 너른 길이 나 있고 대학로와 남산까지 보여 전망도 좋다. 산책이나 걷기를 좋아하는 엄마가 좋아할 만한 공간이다.

여행 관련한 일을 시작하고 또 서울에 관해 아는 게 많아지면서, 언젠가 엄마가 오면 날씨 좋은 날을 골라 서울 구경을 시켜주리라 마음먹었었다. 친구나 선후배들이 물을 때마다 서울의 어디가 좋다고 조언하면서 정작 내 엄마의 서울 나들이는 제대로 챙겨본 적이 없다는 게 늘 마음에 걸렸다. 하지만 엄마는 서울에 올라오는 날이면 뭐가 그리 바쁜지 집에 돌아갈 생각부터 했다. 하루나 이틀쯤 당신이 없어도 큰일 나는 것도 아닌데. 때마침 낙산공원은 병원에서 지척이니 따로 시간을 낼 필요도 없이 그저 잠깐 동네 한 바퀴 돌 듯 다녀오면 될 일이다.

낙산공원 쪽으로 향하는 골목으로 접어들자 공공미술로 탄생한 작은 표지판들이 보인다. 엄마는 계속 동생에 대한 고마움과 걱정을 늘어놓는다. 동생의 삶은 이제 동생의 삶이니 그 신경을 당신의 삶에 쏟으면 얼마나 좋을까. 나는 목구멍까지 올라온 말을 꾸역꾸역 밀어넣으며 맞장구를 친다. 낙산을 향하는 길은 서서히 오르막을 이룬다. 제법 가파른 길이다. 낙산에 가까워질수록 공공미술도 조금씩 모습을 드러낸다. 하지만 역시나 엄마의 조바심이 다시 고개를 든다.

"왜 이리 높아. 힘들다."

평소에는 더 높은 산도 더 먼 길도 잘만 다니던 당신이 왜 이럴까.

"조금만 더 가면 돼. 전망도 좋고 산책하기에도 좋아."

"돌아가자. 이렇게 오르막인데 무슨 산책이 되나. 다리 아파서 더 못 가겠다."

가쁜 숨을 몰아쉬며 고집이다. 아마도 지금 당신 머릿속은 얇게 썰어둔 시간들로 복잡할 거다. 당신이 생각한 급한 일들을 두루 처리하고 버스를 타고 고향에 내려가려면 아무리 생각해도 시간이 모자라겠지. 이런 때는 엄살쟁이 엄마에게 모질어도 좋으련만. 힘들다는 말에, 다리 아프다는 말에, 이마에 살짝 맺힌 땀방울에 나는 또 백기를 든다.

"왜 늘 그리 바빠. 여유 있게 살자고."

"다들 그렇게 사는데 뭐."

우리는 걸어왔던 길을 다시 내려간다. 몇 해 전에도 비슷한 일이 있었다. 잡지사에서 일할 때였다. 시사회 표가 몇 장 생겼고 마침 엄마가 서울에 올라와 있었다. 영화 잡지사에서 일하는 주제에 엄마에게 영화 한 편 보여준 석이 없었다. 아버지와 연애하던 시절을 제외하고는 평생 당신이 극장에서 느긋하게 영화를 본 적이 있을까 싶었다. 엄마의 조급증을 잘 아는지라 영화 안 보고는 집에 못 내려갈 줄 알고 일찌감치 엄포를 놓고 극장으로 끌고 갔었다.

그날의 극장 풍경은 지금도 또렷하다. 엄마는 영화를 보며 졸고 있었다. 내가 봤을 때만 당신이 잠깐 졸았던 걸까? 아니었다. 나는 몇 차례나 엄마를 곁눈질로 살폈다. 맘 편히 영화 한 편을 즐길 수 있기를 바랐다. 졸고 있는 당신을 보며 내가 괜히 고집을 부렸나 싶었다. 당신 가고 싶은 대로 당신 하고 싶은 대로 맘껏 지내도록 내버려둘걸. 영화가 끝나고 지하철을 타러 가는 내내 "너무 재밌었다"고 몇 번이나 덧붙이는 당신의 말이 나는 좀처럼 믿기지가 않았다. 다만 가슴 한쪽이 뻐근했다. 코미디 영화였는데.

엄마의 고집을 따라 지하철역으로 향하다가 마로니에 공원 앞에서 멈춰 섰다. 즉석 거리 공연을 하고 있었다. 급한 마음에 아들 성의를 내친 것 같아 염려가 됐나. 엄마도 잠깐 보고 가잔다. 짧은 시간이나마 같이 박수를 치며 공연을 즐길 수 있어서 다행이다.

"너무 잘한다. 신기해."

"탭댄스야. 신발로 하는 춤과 연주 같은 거. 저 사람 구두 밑에 징 같은 금속이 붙어 있어. 그래서 소리가 크게 잘 울리는 거야."

신명 나는 공연 덕분일까. 엄마의 조바심도 잠시 자취를 감췄다. 채 30분도 되지 않는 시간. 팀이 바뀌고 다시 연주가 시작된 후에도 엄마는 대학로의 젊음을 호흡하고 있었다. 그 시간이면 낙산 주변을 한 바퀴 돌고도 남았으련만. 하지만 이런 마음을 내색하진 않는다. 대신 추억 하나를 끄집어낸다. 마로니에 공원에 들어섰을 때부터 그 옛일이 아지랑이처럼 가물거리고 있었다.

"생각나냐?"

"뭐가?"

내가 고등학교 2학년이고, 동생이 중학교 3학년 여름방학 때의 일이었다.

"옛날에 김 여사가 우리 대학로 데려왔었잖아."

"정말?"

"왜, 혜영이랑 나랑 공부 열심히 하라며 서울 구경시켜줬잖아. 경희대학교랑 이화여대도 가고. 교보문고도 가고 대학로도 왔었는데."

"아, 생각나. 그때 길도 제대로 몰랐으면서 어떻게 데리고 다녔나 몰라."

아마도 자식들 좋은 대학 가기를 바라는 마음이었겠지. 캠퍼스가 아름답다는 경희대와 이화여대를 선택한 걸 보면, 젊음의 열정이 가득한 대학로와 서울에서 가장 큰 서점인 교보문고를 택한 걸 보면. 분명 당신의 기대와 바람을 담은 외출이었겠지. 당신의 원처럼 서울의 좋은 대학은 가지 못했지만 그날은 나와 동생에게 아름다운 추억으로 남았다. 교보문고에서 우리가 원하는 책도 한 권씩 사줬던 것 같다. 나는 미우라 아야코의 소설을 골랐었다.

이제 그 아들이 자라서 여행에 대한 글을 쓰고 서울의 숨은 명소들을 찾아다니며 산다. 그리고 그날보다 20년쯤 늙은 엄마를 이끌고는 서울 구경을 시켜주겠다며 걷는다. 물론 엄마는 예전의 우리 남매처럼 참 말도 안 듣는다. 그래도 나는 다시 서울의 명소들을 떠올리며 그중 엄마가 좋아할 만한 곳들을 따로 모아본다. 줄이고 줄여도 족히 수십 곳은 넘는다. 엄마와 그 가운데 몇 군데나 가볼 수 있을까. 이 세상 누구보다 잘 안내해줄 수 있는데. 엄마는 오늘도 여전히 사랑을 받아들이는 데 인색하다. 나도 자식을 낳아보면 당신의 마음을 알게 될까. 바쁜 엄마는 어느새 지하철 4호선 혜화역 2번 출구를 힘차게 향해 걷는다.

내 마음을
살찌우는
엄마의 밥 _울진 불영사와 내암마을

늦은 여름, 휴가 겸 고향을 찾았다. 분주하게 피서를 떠나느니 집이 제일이지 싶었다. 한가로이 책이나 읽고 영화나 보며 복잡한 고민 따위 잊고 지내면 좋으리라 싶었다. 이틀째까지는 그리 지냈다. 집안의 문이라는 문은 모두 활짝 열어놓고 마루에서 편한 복장으로 누워서 게으름을 즐겼다. 그마저도 지루해지면 책 몇 장을 넘기다 스르르 잠의 나락으로 떨어졌다. 끼니때가되면 엄마가 알아서 깨웠다. 사흘째 되던 날 엄마에게 미안해졌다. '밥순이' 신세를 면하게 해주려 나들이를 제안했다.

"김 여사, 바깥바람이나 쏘이고 옵시다!"

시외로 나가 잠깐 계곡에 발이나 담그고 보양식이나 먹고 오자는 심산이었다. 예천이나 봉화 어디쯤이면 좋을 터. 하지만 어쩌다 보니 우리의 차는 울진의 불영계곡을 향해 달리고 있었다. 누가 먼저 꼬드겼는지는 모르겠지만

'우리도 남들 다 하는 휴가 기분 좀 내보자'는 의견은 일치했다.

울진은 영주에서 시간상으로는 서울보다 먼 거리에 있다. 도로 사정이 그다지 좋지 않아 국도를 따라 세 시간 넘게 가야 한다. 구불구불 길도 험하다. 엄마가 운전을 하기엔 피곤하지 않을까 걱정이 됐다.

"괜찮아. 기름이랑 밥값 니가 다 낼 거잖아."

나는 내게 주어진 면죄부를 날름 받아들이고 신나게 엄마와 울진으로 떠났다. 불영계곡은 우리 둘 다 몇 차례 다녀온 적이 있다. 새로운 곳은 아니지만 여름철에는 너위 쫓기에 그만이다. 불영사와 내암마을을 같이 다녀와도 좋을 듯했다. 아마 엄마도 그쪽은 못 가봤겠지. 36번 국도와 나란히 솟아 있는 불영계곡의 풍경이 아른거렸다.

"넌 왜 그리 땀이 많나? 여름에 보면 안쓰러워 죽겠다."

얼마나 지났을까. 자꾸만 나를 훔쳐보던 엄마가 한마디 던진다.

"엄마 닮아 그렇잖아."

"닮을 걸 닮아야지 꼭 쓸데없는 것만 닮아가지고."

엄마는 한 손으로 운전대를 잡고서는 나머지 한 손으로 손수건을 꺼내 위태롭게 내 이마를 닦으려 한다.

"위험합니다. 운전에 집중하세요."

잽싸게 손수건을 빼앗아 땀을 닦는다. 차창을 열었지만 굽이진 고갯길이 많아 속도가 나지 않으니 바람도 소원하다. 그늘이 질 때에야 간신히 땀을

식힐 수 있다. 나만 그런 것도 아니다. 엄마의 이마에도 땀이 송골송골하다.

"아이스크림 하나씩 먹고 가자."

"좋아. 아이스크림은 내가 산다!"

내가 제안하고 엄마가 호기롭게 답한다. 봉화를 막 지난 어느 휴게소에 잠깐 차를 세운다. 주차장은 햇볕에 달궈져 뜨겁다. 그늘로 찾아들어 아이스크림을 하나씩 들고 나란히 앉는다.

"그래도 바깥에 나오니 좋기는 하다."

"아들 덕분에 늦게나마 여름 휴가를 다녀오네. 고맙네."

엄마가 기특하다는 듯 내 등을 두드린다.

"그치? 나도 내가 고마워."

"당신은 뉘집 아들인데 그리 교만하시오. 그것만 고치면 여자 친구도 금방 생길 텐데."

가끔씩 불쑥 튀어나오는 엄마의 말버릇이다. 나도 묻고 싶다. 정말 겸손해지면 여자 친구가 생기는지. 또 가끔은 솔직하게 다른 사람이 아니라 엄마에게 연애상담이라도 받고 싶을 때가 있다. '엄마, 실은 내가 좋아하는 사람이 생겼는데 말이야' 하면서. 누구보다 내 이야기를 진지하게 들어줄 텐데. 하지만 그로 인해 엄마의 걱정이 늘지나 않을까 싶어 체념한다. 고향은 어딘지, 무얼 하는 사람인지, 나이는 몇인지, 이런 이야기를 줄기차게 묻고 나서는 슬슬 조바심을 낼 게 뻔하다. 결혼 상대로 어떨지, 괜한 상처만 받지나 않을

지. 무한한 상상의 나래를 펴면서 당신의 마음에 헛바람이 일까, 걱정거리만 더해질까 두렵다. 그래도 누구보다 내 맘을 잘 아는 이는 엄마다. 말하지 않아도 안다.

언젠가 사랑하는 이와 헤어진 후 고향을 찾은 적이 있다. 며칠을 혼자 괴로워하다가 문득, 엄마가 해주는 따뜻한 밥이 그리웠다. 그 밥 한 그릇을 먹고 나면 위로가 될 것만 같았다. 곧장 가방을 꾸려 고향으로 내려갔다. 아들의 갑작스런 방문에 엄마는 무슨 일 있냐고 묻지 않았다. 그냥 "왔나" 하더니 바로 "밥은 먹었나" 하고 물었다. 안 먹었다 하니 주섬주섬 밥을 짓기 시작했다. 압력밥솥이 요란을 떨고 밥이 익어가는 냄새가 났다. 엄마의 약손이 배를 어루만져주듯 그 구수한 냄새가 마음을 달래주었다. 순식간에 밥상이 차려졌다.

고슬고슬하게 지어진 밥을 한 숟가락 떠서 입속으로 밀어넣자 참고 참았던 눈물이 왈칵 마음에 고였다. 잽싸게 김치를 씹으며 삐져나오려는 울음을 눌렀다. 입안에서 밥알이 사라지면 목구멍 너머로 슬픔이 밀려왔고, 나는 다시 밥 한 술로 울먹임을 밀어넣었다. 행여 엄마가 눈치채지나 않을까, 역시 집밥이 최고라며 너스레를 떨었다.

그날 밤 나는 엄마와 함께 서천변을 걸었다. 당신에게 근심을 안기고 싶지 않아 마음을 숨기면서. 여느 산책과 마찬가지로 소소한 일상 이야기만 오갔다. 나는 연애가 아닌 일에 대해 이야기했고 그것이 내 맘 같지만은 않더라고 말했다. 호주에 있는 동생한테 다녀오자고도 했다. 그것이 그날 내가 엄마에게 건넨 유일한 힌트였다.

다음 날 나는 엄마가 해주는 밥을 두 끼 더 먹고는 고향을 떠났다. 그리고 서울로 돌아오는 버스 안에서 문자 한 통을 받았다.

"잘 가고 있지. 모든 게 내 마음이나 생각하고는 달라. 호주도 같이 못 가면 혼자 놀다와. 사랑한다 하이팅."

장문의 문자였다. 서툰 손놀림으로 한 자 한 자를 눌러 쓰면서 얼마나 긴 시간이 걸렸을까. 사랑한다는 말보다 '하이팅'이라는 엄마의 응원에 가슴이 먹먹해졌다. 참았던 눈물이 흘렀다. 미안했다. 큰 가슴으로 안아주지 못했던 나의 헤어진 연인에게 미안했고, 여전히 철부지처럼 당신의 마음을 아프게만 하는 부끄러운 아들의 엄마, 나의 김 여사에게 미안했다. 그리고 따뜻한 밥을 지어주던 당신의 손에 미안했다.

그날 이후 엄마에게 고민을 말하는 것이 더 힘들어졌다. 다만 내가 지금보다 성숙해지고 당신이 한층 여유로워질 어느 날, 당신과 마주 앉아 내가 사는 이야기를 다정히 나눌 수 있기를 기다릴 뿐이다.

잠깐 더위를 식힌 우리는 다시 출발할 채비를 했다. 그 사이 차 안은 뜨겁게 달구어졌다. 잠깐 문을 열어 열기를 식힌다. 이마에 다시 땀방울이 맺혔다 눈물처럼 후두둑 떨어진다. 엄마도 별반 다르지 않다.

"빨리 가자. 계곡에 발이라도 좀 담그게."

좁게 굽이치는 도로를 따라 다시 내달린다. 봉화를 넘어서자 조금씩 불영계곡의 흔적이 나타난다. 드디어 그 시작을 알리는 불영사가 코앞이다. 불영사는 진덕왕 4년(651년)에 의상대사가 세운 사찰이다. 일주문에서 불영사계곡을 지나 대웅전까지 이르는 길이 제법 길다. 봄에는 벚꽃도 화려하고 가을에는 단풍이 절경이다. 언제 걸어도 마음이 따뜻해지는 산책로다.

불영사도 마찬가지다. 풍경이 참 곱다. 경내의 연못 불영지를 중심으로 사찰 건물들이 타원형으로 자리한다. 또 그 주변을 천축산이 병풍처럼 감싸 안은 형세다. 연못가에는 계절을 드러내듯 연꽃들이 활짝 펴서 운치를 더한다. 백련의 탐스러운 무리가 먼저 반긴다. 그리고 노랑어리연꽃들이 조그마한 꽃대를 수줍게 내민다. 그 작고 여린 것을 바라보고 있자니 마치 갓 태어난 아기를 안은 것처럼 조심스러워진다.

"곱기도 하네. 여기는 절 같지가 않아."

"저기 서쪽에 바위 있지? 저 바위가 연못에 비친 모습이 부처님의 그림자

같다고 해서 불영사(佛影寺)라 부른데. 이제 좀 절 같나?"

불영사에서는 연못의 주변만 어슬렁거려도 시간 가는 줄 모른다. 연못과 접한 법영루에서 타종이라도 하면 마치 다른 세계에 있는 것 같다. 거닐다 연못에 비친 부처의 그림자도 찾아보고 내 그림자도 비춰본다. 살짝 어지러운 마음이 어리는 듯도 하다. 내 마음이라는 것도 불영지에 비친 부처의 그림자처럼 숨기려 해도 엄마의 마음 안에서 어른거리려나. 아니면 엄마의 마음이 부처의 손바닥과도 같은 것이려나. 우리는 따로, 또 같이 경내를 천천히 거닌다. 마음이 차분히 가라앉는다. 여전히 여름의 한가운데이건만 더위도 이곳은 비켜가는 듯했다. 공기가 차분하다.

불영사를 나오면 불영계곡이 15킬로미터 가까이 이어진다. 계곡은 산속으로 숨어들기 마련이지만 불영계곡은 국도와 나란히 달린다. 도로를 달리며 계곡을 누리기에는 불영계곡이 전국에서 최고다. 기암절벽과 여름의 녹음이 짙게 내린 금강송의 꼿꼿한 수형도 시선을 끈다. 크고 작은 바위들도 물길과 어우러지며 시원스럽게 흩어져 있다. 주변의 평평한 땅을 찾아 텐트를 치고 물놀이를 즐기는 이들도 적잖다. 우리는 불영계곡의 전망대 역할을 하는 불영정과 선유정에서 차를 세웠다. 2층 팔각정에 올라 유려한 물길을 감상했다. 절묘한 불영의 유영이다. 보는 것만으로도 더위가 싹 가신다.

"이제 곧 가을이 오겠네. 단풍 들면 참 예쁘겠다."

중얼거리는 엄마의 말이 '또 한 해가 가는구나'로 들린다. 정신을 차려보면 늘 무심하게 앞서가는 게 세월이다.

"이제 밥 먹으러 가자!"

분위기를 바꾸려 한 말에 엄마가 슬며시 웃는다.

"있잖아, 사실은 밥 싸왔어. 밖에서 먹으면 비싸기만 하잖아. 김치랑 밥이랑 챙겨 왔지. 원래 공기 좋은 데서 먹으면 뭘 먹어도 맛있잖아."

"오늘 밥은 내가 산다고 그랬잖아."

나는 목소리를 높이며 따지듯 질책한다.

"그럼, 밥값 내. 한 사람당 만 원."

"김치밖에 없다며 무슨 만 원씩이나 받아?"

"오징어채무침이랑 김도 있어."

엄마가 자꾸 웃는다. 포기한 척하고는 인근의 내암마을로 향한다. 불영계곡 인근의 행곡리 내암마을은 대나무 숲길이 유명하다. 국도변에서 다리 하나를 사이에 두고 자리한 한적한 시골이다. 다리를 건너면 천연기념물로 지정된 처진 소나무가 있고 그 아래 간이 식탁과 쉼터 등이 있다. 불영계곡에 갈 때마다 들르는 마을이다. 굳이 드라마 촬영지를 들먹이지 않아도 마을 고유의 정취만으로도 충분히 매혹적이다. 고요한 마을을 한 바퀴 돌고나면 마음의 때가 말끔히 씻겨나가는 것 같다.

우리는 처진 소나무 아래 간이 식탁에 앉아 신문지를 깔고 상을 차린다. 밥과 김치, 김과 오징어채무침. 조촐한 상차림이다. 하지만 산해진미보다 낫다. 엄마가 지은 엄마의 밥인 까닭이다. 내 마음을 알뜰살뜰하게 살펴내는 양분인 까닭이다.

실은 늦은 휴가로 고향행을 택한 데에는 어지러운 마음이 한몫했다. 몹시도 산란했다. 일은 일대로 사랑은 사랑대로 속을 썩였다. 내 모든 에너지와 정성을 쏟아도 내 뜻대로 이뤄지지 않는 일들. 배신처럼 나를 막아서는 난관들. 나는 스스로의 마음이 흔들리는 것이 밉고도 두려웠다. 언제부턴가 그럴 때면 무작정 서울을 떠났다. 에너지마저 바닥에 이르면 고향을 찾았다. 그 사이 나도 나이를 먹었는지 이제는 마음을 숨기는 것에 약간은 능숙해졌다. 하지만 모를 일이다. 눈치 빠른 엄마가 내 나약한 맘을 알아챘을지도. 그래서 굳이 멀리 울진까지 차를 몰아왔는지도. 그럼 어떠랴. 엄마 앞에서 창피할 것이 뭐가 있을까.

처진 소나무 아래서 엄마가 차린 밥을 먹는다. 밥알들을 꼭꼭 씹어 삼키고 김치를 우적우적 씹는다. 구운 김이 바스락 소리를 내며 젓가락 끝에서 부서진다. 눈물이 나거나 그러지는 않는다. 내 휴대폰에 영구저장된 엄마의 문자처럼 '모든 게 내 맘대로 되지는 않는다'는 것쯤은 안다. '생각하고 다르다'는 것도 안다. 잘 알지만 슬퍼하고 싶은 날들이 있는 법이다. 맹물에 밥을 말아 김치 한 조각을 반찬 삼더라도 엄마가 해주는 밥을 먹고 싶은 날들. 엄마의 밥이 마음을 위로하는 날들. 이제 내 마음도 다시 살이 찌겠지. 나는 다짐하듯 감사하며 마지막 한 톨까지 꼭꼭 씹어 먹는다.

지니어스 로사이의 높다란 현무암 벽은
눈높이에 맞춰 긴 사각의 공간을 열어두고 있다.
테두리만 존재하는 빈 공간 너머로 유채꽃밭이 너울너울 흔들리고,
글라스 하우스와 성산일출봉이 들어온다.
제주의 아름다움을 '그림'처럼 차용한 '작품'이다.
풍경에 액자를 두른 것이다.

엄마는 한동안 지니어스 로사이에서 받은 감흥에서 빠져나오지 못했다.
내가 당신에게 한 번도 안겨주지 못한 예술적 감흥.
공룡의 발자국처럼 오랜 시간의 풍파에 굳어져
그녀의 마음은 이제 움직이지 않을 줄 알았는데. 다행이다.
아직 당신의 맘이 늙지 않아 다행이다.
당신이 내 엄마라서 참 다행이다.

환갑여행을
떠나다

"제주도 가족여행 어때?"

"환갑 맞는 게 무슨 자랑이라고."

엄마의 환갑을 한 달쯤 앞두고 나는 제주도 여행을 제안했다. 당신은 정색을 하며 거절했지만 그 말이 곧이곧대로 들리지는 않았다. 엄마도 나이가 들었지만 아들도 나이가 들었다. 표정과 말이 전부가 아니라는 것쯤은 안다.

"왜 그래, 손자도 있는 할머니가?"

"아휴, 내가 언제 이렇게 나이를 먹었을꼬. 니들 할머니 환갑이 어제 같은데."

돌이켜보면 우리 가족은 함께 여행을 떠난 적이 없다. 근래 들어서 엄마와 산책을 하기도 하고 출장을 핑계 삼아 짧은 여행을 떠나기도 했지만, 우리네 식구가 '가족여행'이란 이름으로 어딘가 다녀온 적은 없다. 부모님은 동

조금

더 멀리,

제주로

생과 나를 지극한 관심과 애정으로 기르셨지만, 가족여행하고는 연이 한 번도 닿지 않았다. 어렸을 때는 사느라 바빠서 우리 남매는 늘 외사촌들과 나들이를 갔다. 두 분이 여유로워진 후에는 우리가 각자의 삶을 살아가기에 정신이 없었다. 가족 관계가 소원한 집안도 아니었으니 단란한 가족여행의 추억도 있을 법하다만 그러질 못했다. 그것이 처음에는 부모님의 마음에 짐처럼 남은 듯했다. 그러다 시간이 지나면서는 우리 남매에게 죄책감으로 작용했다.

엄마의 환갑을 앞두고 나는 한참 전부터 작정을 했다. 가족여행을 꼭 떠나야지. 동생은 사정이 여의치 않으니 나라도 두 분을 모시고 다녀와야지. 하지만 생각보다 쉬운 일이 아니었다. 엄마의 고집이야 꺾으면 그만이지만 문제는 아버지의 건강이었다. 지병인 당뇨병도 있고, 몇 해 전 위암 수술까지 받은 아버지. 비행기를 타는 것도 쉽지 않았고 며칠씩 여행을 떠나는 것도 만만한 일이 아니었다. 그렇다고 가까운 곳으로 다녀오자니, 그래도 엄마 환갑인데 하는 아쉬움이 앞섰다.

"그냥 엄마랑 둘이 다녀와. 용돈 줄 테니까 맛있는 거 많이 사주고."

어느 날 아버지가 내게 말했다. 늘 무뚝뚝한 당신이다. 또한 그 사실을 누구보다 잘 아는 당신이다. 아들과 함께 나서는 엄마의 나들이가 삶의 숨통 같은 구실을 한다는 걸 아는 당신이다. 그러니 그 말은 반평생을 함께해온 아내에 대한 당신의 서투른 애정 표현이다. 무심하게 지나쳤던 아버지의 환갑이 떠오른다. 못내 미안한 마음이 앞선다만 나는 당신의 뜻을 따르기로 했다. 엄마와 둘만의 제주도 여행은 본의 아니게, 그렇게 시작됐다.

김포공항을 향해 나서는 길, 하늘이 흐리다. 쨍해도 좋으련만. 다행히 날씨는 아랑곳없이 엄마의 표정은 환하다. 옷차림도 화사하다. 눈가에 살짝 아이섀도까지 발랐다. 주름은 깊어가지만 마음만은 젊게 살고자 하는 노력이 귀엽다. 언젠가 당신에게 세월을 편히 받아들이면 좋겠다는 말을 했던 기억이 난다. 주름만큼 고운 화장도 없다는 주제넘은 소리를 했던가. 공항으로 가는 길 내내 만감이 교차한다.

"어, 이제 공항 가고 있어. 안 그래도 되는데 환갑이 뭐 그리 대단한 일이라고 저러나 모르겠다."

친구의 전화에 별일 아니라는 듯 응하지만 엄마의 얼굴은 활짝 웃고 있다. 생일 선물을 자랑하는 어린아이처럼, 아닌 척, 모른 척. '제주도는 무슨 제주도냐' 하던 거짓말도 말끔히 사라졌다. 그 말의 속뜻을 나는 누구보다 잘 알고 있다. 그저 미역국 끓인 생일상이나 받으면 족하니 비싼 돈 쓰지 말라는 뜻이었겠지. 그런 엄마를 잘 아는지라 나는 미리 다짐을 받아둔다.

"절대!"

"절대 뭐?"

"돈 이야기하지 않기. 그냥 즐겁게 갔다 오는 거야?"

엄마는 대답은 안 하고 웃기만 한다.

"빨리 대답해. 안 그럼 제주도 안 데려간다."

"내가 돈 쓴다고 뭐라는 게 아니라 쓸데없는 데 쓸까 봐 그러는 거지."

"쓸데없는지 아닌지는 내가 알아서 해."

"알았다, 알았어."

그제야 긍정의 답을 내놓지만 사실 난 반도 못 믿겠다. 아마도 여행길에서 서너 번은 더 똑같은 다짐을 받아야 할지도 모를 일이다. 그나저나 제주도도 몇 번 가본 적이 있다면서, 심지어 딸을 만나러 혼자 환승까지 하며 호주도 다녀왔으면서 엄마는 비행 수속에 대해 이것저것 걱정이 많다. 국내 여행이니 크게 신경 쓸 것이 없다 말해도 몇 번이고 되묻는다. 그 모습이 마치 '정말 제주도 가는 거냐'고 재차 확인하는 아이 같다. 어느 순간부터 사람은 나이를 거꾸로 먹는다더니 이를 두고 하는 말인가. 뒤바뀐 보호자의 관계가 새롭다.

"시간 아직 있나?"

"아직 괜찮아."

"비행기 안에도 화장실 있지?"

"있지."

"아니다. 그냥 여기서 갔다와야겠다."

아랫배를 어루만지던 엄마가 화장실을 찾는다. 나는 벤치에 앉아 공항의 풍경을 살핀다. 출장길에 또는 동무들과의 여행길에, 어느 날은 홀로 훌쩍 떠나기도 했던가. 새로울 것도 없는, 하지만 떠나는 장소라는 것만으로도 공항은 늘 설렘을 안기는 공간이다. 그러고 보니 엄마와는 첫 비행이다. 당연하지. 제법 많은 여행을 한 것 같지만 늘 반나절이거나 한나절이었다. 우리 모자가 며칠을 꼬박 같이 있는 것도 초등학교 진학 전이 마지막이었던가. 그간 꽤 노력해온 것 같았는데 우리가 서로를 온전히 이해하기에는 아직 길 길이 멀다는 것을 알겠다. 아무리 부모자식 간이라지만 각자의 삶이 있으니 이 시간은 무척 소중한 기회다. 엄마에게 행복한 여행을 만들어주고 싶다.

수첩을 뒤적이며 미리 짜둔 일정을 확인해본다. 렌트카 회사 연락처와 이동 동선을 확인하고 맛집과 가볼 곳들을 한 번 더 점검한다. 그 사이 화장실을 다녀온 엄마가 환하게 웃으며 다가선다. 손에는 선캡을 들었다.

"모자를 안 챙겨서. 예쁘지? 얼마 줬게?"

변함없는 멋쟁이 김 여사다. 물론 나 역시 변함없이 퉁명스런 아들이다.

"색깔이 그게 뭐꼬. 이야, 이제 우리 김 여사도 감이 떨어지기 시작하네."

농담을 하며 비행기에 오른다. 금세 엔진이 들썩이고 안전벨트를 매자 비행기가 서서히 움직이기 시작한다. 엄마는 두 손을 모으고 기도한다. 무사한 비행과 무수한 여행의 바람을 담았겠지. 기도하는 모든 엄마의 모습은 당신들이 믿는 신앙의 색깔과 무관하게 늘 뭉클하다. 내 엄마도 마찬가지다. 내

조금
·
더 멀리,
·
제주로

믿음의 진성성과 무관하게 긴 세월 나를 지켜준 것은 그녀의 기도라는 걸 잘 알고 있다. 숱한 위기의 순간마다 당신의 믿음이 나를 구원했을 것이다. 설령 그렇지 않은들 어떠랴. 누군가 늘 나를 위해 기도하고 있다는 사실은 세상이란 험난한 전장에서 가장 큰 지원군이다.

비행기는 금세라도 하늘로 날아오를 기세다. 엄마가 창밖을 한 번 보고 다시 나를 본다. 살짝 눈물 고인 웃음이다.

"야, 정말 날아가는구나."

"외국 나온 것 같아."

제주공항을 나서는 엄마의 첫 마디다. 처음 찾은 것도 아닌데, 처음 만나는 야자나무도 아닐 텐데. 모처럼 일상에서 멀리 떠났다는 해방감 덕분일까. 엄마는 기지개를 켜며 새삼스럽다는 듯 제주와 인사한다. 표정과 걸음걸이 모두 활기차다. 나는 궂은 날씨가 맘에 걸렸지만 엄마는 아무 상관없는 모양이다.

예약해둔 렌트카부터 빌렸다. 중형차다. 엄마는 부담스럽다며 굳이 비싼 차일 필요가 있냐고 묻는다. 무르고 싶다는 기색이 역력하다. 나는 짐짓 무시한 채 차에 오른다.

"내가 운전할 거 아니니까 상관없어. 차에 흠 생기면 김 여사가 물어."

"참, 내 팔자도 기구하다. 옆에 멀쩡한 아들 두고 여기까지 와서 운전이나 하고."

가벼운 농담 같지만 그 말이 맞다. 명색이 환갑여행인데 아들이 운전을 하고 편히 모시고 다니는 게 맞겠지. 이럴 때는 자신의 모자람을 자책하지 않을 수 없다. 하지만 엄마가 그런 반응을 바라는 건 아닐 거다.

"그럼 아들 반품하든가. 내가 우리 엄마 전화번호 가르쳐줄까?"

"얘 좀 봐라, 넌 태어날 때만 해도 최상품이었어. 니가 관리를 잘 못해서 그린 거지."

역시나 만만치 않은 김 여사. 우리는 늘 그렇듯 농담을 빌려 서로의 마음을 어른다. 그 와중에도 엄마는 행여 차에 흠집이나 나지 않을까 한층 조심스럽다. 차가 아주 천천히 공항을 빠져나간다. 길 옆으로 벌써 바다가 보인다. 가장 유순한 빛깔의 제주 바다다. 제주에 올 때마다 나는 바다 앞에서 긴 시간 서성대곤 했다. 사람을 위협하지 않는 물빛 때문이다. 거센 태풍이 몰아치는 날도 있겠지만 평소의 바다는 고요하다. 특히 제주의 바다는 그 고요 안에 위로의 빛이 있다. 언제 봐도 설레는 풍광이다. 제주 역시 가족 혹은 엄마와 같다. 가까이에 있어 그 아름다움과 소중함을 자꾸 잊어버리는 섬이다. 조금만 관심을 갖고 들여다보면 이만한 비경도 드문데 말이다. 제주에 오기를 잘 한 것 같다. 나는 미리 찾아둔 공항 인근의 맛집을 네비게이션에 입력한다.

"첫 번째 목적지는 일단 밥집으로. 자, 김 기사! 맘껏 달려보세요!"

맛있는 음식은 마음도 배부르게 한다. 먹는다는 것이 생존만을 목적으로 하지 않기에 '맛있다'는 말이 생기지 않았을까. 제주에 가기 전 가장 신경 쓰며 찾아본 것이 맛집이다. 이왕이면 엄마에게 최고로 맛있는 것을 대접하고 싶었다. 가까운 선후배들에게 조언을 구하고 신문이나 잡지의 기사도 검색했다. 여행과 맛의 전문가들이 선별한 집들을 골라 이런저런 반응을 찾아보기도 했다. 사람마다 호불호가 있겠지만 부모와 함께하는 여행이라면, 조금은 보편적이고 대중적인 맛집이 좋은 것 같다. 그 결과가 늘 만족스러운 건 아니지만 실패할 확률이 적은 편이니까. 그렇게 고른 곳이건만, 엄마가 가장 먼저 본 게 메뉴가 아니라 가격이라는 걸 나는 너무도 잘 알고 있다. 잽싸게 메뉴판을 빼앗으며 엄포를 놓았다.

"다시 한 번 말하지만 이번에는 싼 거 말고 먹고 싶은 음식, 맛있는 음식을 먹는 거야. 아니면 나 정말 화낼지도 몰라."

"그냥 뭐가 있나 본 거야."

애써 발뺌을 하지만 숨어드는 말투가 이미 가격을 본 눈치다.

"뭘 드시렵니까?"

"아무거나 먹자. 니가 골라."

옥돔구이와 갈치조림을 주문한다. 제주에서 꼭 맛봐야 할 메뉴 가운데 하나다. 먹는 사이사이 엄마는 맛있는 반찬을 자꾸 내 앞으로 밀어놓는다.

"상이 얼마나 넓다고 그래. 팔 다 닿는다니까."

"나도 늙었나 보다. 니들 할머니가 그럴 때마다 왜 그러나 싶더니만 이제 내가 이러고 있네."

말은 저리 해도 나 역시 엄마가 밀어주지 않았다면 먹지 않았을 접시의 반찬을 고루 맛본다. 그래야 엄마가 뿌듯할 것 같아서 말이다.

"김 여사는 좋아하는 음식이 뭐야?"

일찍도 물어본다. 맛있는 음식들을 마주하고 나니 새삼 엄마가 진짜 좋아하는 음식이 궁금해졌다. 동생은 아주 오랫동안 엄마가 좋아하는 음식이 찐빵인 줄 알았다고 했다. 당신이 그리 말씀하셨으니 당연히 그런 줄로만 알았다고 했다.

"내가 가리는 게 있나. 다 잘 먹지."

"그래도 특별히 좋아하는 게 있을 거 아냐?"

"옥돔하고 갈치조림?"

미꾸라지처럼 피해가며 당신은 끝끝내 답하지 않는다. 하기야 평생 부엌에서 음식 냄새 맡으며 가족을 위해 하루 세 끼를 차려냈으니 어떤 음식인들 물리지 않았을까. 그렇다고 당신의 호불호가 없을까마는 아마도 대답한 다음을 생각하고 있을 테지. 무엇을 좋아한다, 가지고 싶다고 말하는 순간 그것이 행여 누군가에게 부담되지 않을까 하는, 자식들의 호주머니를 가볍게 만들어버리지나 않을까 하는 괜한 근심. 그래서 우리는 끝까지 엄마를 속속들이 알지 못한다. 그녀들의 숱한 거짓말을 알아챌 요량이 없다. 가장 좋아하는 음식이 흔한 찐빵이라는 말에 속고 만다. 아마 시간이 흐른 지금은 엄마들 스스로도 자신이 가장 좋아하는 것이 무엇인지 알지 못하리라. 아니면 스스로를 위한 선택이 삶의 낙을 좌지우지할 만큼 대단하지 않게 된 것일 수도 있다. 자식 먹는 것만 보면서 배부르다며 헛배를 채웠을지도 모른다.

"저녁은 엄마가 먹고 싶은 걸 말해줘. 그거 먹으러 가자."

"그래. 생각해볼게."

우리가 가진 것이 풍족했다면, 경제적으로 부유한 집안이었다면, 엄마는 자신의 입맛을 찾았을까. 나는 돈이 삶을 지배하지 못한다고 믿고 산다. 때로 몹쓸 일을 겪으면서도 그리 믿고 살려고 노력한다. 하지만 평생을 메뉴판 앞에서 망설였을 엄마를 생각하면, 내가 좀 더 가진 자였으면 어떠했을까 상상하게 된다. 그렇다 해도 당신은 오늘처럼 망설였을까. 지금 같은 삶을 살고 있을까. 차에 올라 운전대를 잡는 엄마를 보니 가슴 한쪽이 뻐근하다. 이런 신파극 같은 감정은 뭐람.

이 여행은 그냥 유쾌했으면 좋겠다. 항상 그럴 수는 없다 해도 우리가 함께할 다음 시간들에 윤기를 더하는 계기가 됐으면 좋겠다. 당신이 세상의 아름다움을 찾고 자신의 삶에 집중하는 진원이 됐으면 좋겠다. 따지고 보면 내

가 엄마와 여행을 시작한 이유다. 당신의 삶 속에, 그 깊은 모래정원에 물을
뿌려 잠자던 자아의 싹이 솟는 걸 보고 싶었다. 그런데 생각과 달리 자꾸만
엄마의 그늘로 눈길이 간다. 엄마가 아무에게도 보여주지 않으려 하는 당신
마음의 굳은살.

"야, 그래도 제주 갈치라 다르긴 다르다. 살점이 도톰하더라. 아들 덕에
잘 먹었네."

내 마음을 아는지 모르는지 엄마는 또 그늘을 감출 수 있는 양지 바른 곳
으로 달음질친다.

유채꽃은
노랗게
흔들리고

　숙소로 잡은 휘닉스 아일랜드는 제주에서 가장 최근에 지어진 리조트다. 섭지코지와 인접해 풍광이 빼어나고 유명 건축가인 안도 다다오와 마리오 보타가 설계한 건축물도 있다. 제주 여행을 계획한 순간부터 정해둔 숙박지였다. 특급호텔까지는 아니더라도 평소에 엄마가 접하지 못했던 공간으로 안내하고 싶었다. 두고두고 꺼내볼 수 있는 추억이 될 것 같았다.

　"여기 너무 비싼 데 아니냐?"

　"괜찮아. 친한 후배가 회원이라서 많이 할인 받았어. 생각하는 것만큼 비싼 곳 아니야."

　당신 몸에 밴 삶의 습관을 헤아리며 나는 엄마의 근심을 때로는 받아들이기로 했다. 당신의 예순한 번째 생일이니까 당신 맘부터 헤아리는 게 맞겠지. 체크인을 하고 돌아서니 저만치서 엄마가 나를 부른다. 어색하게 웃으며 손가락을 들어 한쪽을 가리킨다.

"저기 큰 곰인형 있잖아. 저기서 사진 찍으면 사람들이 늙어 주책이라고 그러겠지?"

소녀처럼, 아이처럼 말하는 엄마야. 나는 슬며시 웃는다. 이미 꼬마 서넛이 곰인형 주위에 둘러 앉아 있다. 이번에는 나도 평소처럼 타박하거나 퉁명스레 굴지 않는다.

"뭐 어때? 찍고 싶으면 찍는 거지. 괜찮아, 괜찮아. 곁에 기시 서 봐."

엄마는 다시 주위를 살피더니 빨리 가서 서라는 채근에 쭈뼛쭈뼛 곰인형 옆에 선다. 그러곤 계속 주변을 살피며 '찍어'라고 입 모양만으로 말한다.

"그런데, 너 이번에도 사진 안 주면 안 돼. 만날 사진 찍어놓고 한 번도 안 줬잖아."

디지털 카메라라 좀체 인화할 생각을 못했다. 한결같은 내 게으름 탓이기도 하다. 엄마는 그게 계속 불만이었나 보다.

"내가 어디를 갔다 왔다고 자랑을 하고 싶어도 사진이 없잖아."

"알았어. 이번에는 꼭 사진 뽑아줄게."

한 번 더 확답을 받고서야 엄마는 리조트에 관심을 돌린다. 숙박비 따위는 금방 잊고 실내가 깔끔하고 고급스럽다며 호감을 드러내는 걸 보니 마음에 든 모양이다. 투명 엘리베이터 바깥으로 너른 자연광장이 보인다. 제주를 함축해 표현한듯 크고 작은 현무암과 억새가 멋스럽다. 그 너머로 섭지코지의 유채꽃과 제주 앞바다가 노랗고 푸르게 넘실댄다.

"빨리 가방 놓고 산책 나가자. 너무 예쁘다."

이제 엄마에게 산책이건 운동이건 걷는 행위 자체가 활력소 역할을 한다. 하물며 눈길을 사로잡는 풍경이 있으니 마음이 급할 법도 하다. 하지만 나는 방 입구에서 잠깐 멈춰선다. 엄마가 궁금한 눈으로 나를 본다.

"봐, 여기에 카드를 이렇게 댔다가 가볍게 떼는 거야. 그럼 문이 열려."

"아, 그렇구나. 그런데 이런 데 또 올 일이 있을라고."

나에게는 그저 새로 지은 깔끔한 시설이지만 엄마에게는 여느 특급호텔 못지않은 모양이다. 그래서 더욱 가르쳐주고 싶었다. 엄마 말처럼 언제 다시 올지 모르지만 소소한 카드키 사용법 정도는 알려주고 싶었다. 다시 쓸 일이 있겠지. 우리의 바람이 다시 우리를 데려다주겠지.

"앞으로 자주 오게 만들지 뭐. 자, 이번에는 엄마가 직접 해봐."

엄마는 장난감을 갖고 놀듯이 카드키 사용법을 익히더니, 신기해 하며 연신 문을 여닫는다.

"오, 좋은 거 하나 배웠다."

가볍게 짐 정리를 마친 후 휘닉스 아일랜드의 자연광장을 걸어본다. 몇 년 전과 달리 섭지코지는 휘닉스 아일랜드와 하나처럼 이어져 있다. 그 사이에

경계를 허무는 자연광장이 있다. 자연광장은 제주의 천연지형과 광물들로 만든 공원이다. 그 출발은 숙소 바로 앞에 있는 행복한 문이다. 커다란 돌로 지어진 세 개의 문은 속이 텅 빈 산봉우리처럼 생겼다. 그 아래를 통과하며 세 가지 소원을 빌면 이루어진다고 한다. 우리는 나란히 행복한 문의 아래를 통과한다. 그 길을 걷는 것만으로도 행복이 찾아들까. 그리 쉬이 잡힐 수 있는 것이라면 애초에 행복이라고 부르지도 않았겠지. 그럼 소원이 이뤄질까. 그렇다면 하루에 열두 번도 더 지나갔으리라. 그저 마음을 위로하는 주문이다. 살다 보면 그런 판타지가 자주 필요한 법이다.

행복한 문을 지나면 노천족욕탕이다. 용굼부리와 용연의 지형도 있다. 행복한 문을 닮은 또 하나의 돌탑은 진달래무대다. 이 모든 구성요소를 찬찬히 살피며 걷는다. 제주의 모양을 본떠 쌓은 돌담길인 올레길 미로도 흥미롭다. 돌담 너머로는 먼발치로 바다가 들어온다. 마리오 보타가 설계한 아고라와 힐리우스도 있다. 고급 별장이라 입장에 제한이 있어 멀찍이서 잠깐 보고 만다. 섭지코지에 가까워지면 안도 다다오가 설계한 글라스하우스 레스토랑과 지니어스 로사이 명상 센터가 있다.

나는 안도 다다오를 무척 좋아한다. 그의 건축이 보여주는 빛의 쓰임새를 사랑한다. 지니어스 로사이를 지나며 꼴깍 침을 삼킨다. 그 속내를 들여다보고 싶은 욕심을 애써 누른다. 엄마가 이미 섭지코지의 유채꽃을 향해 걸음을 재촉한 까닭이다.

섭지코지는 제주의 동쪽 해안에 자리한 곶(串)이다. 바다를 향해 불쑥 튀어나온 지형으로, 섭지코지라는 이름도 좁은 땅을 뜻하는 협지(섭지)와 곶을 뜻하는 코지로 이뤄진 것이다. 곶이 가진 특수한 지형으로 인해 삼면으로 바다를 품을 수 있고 일대가 너른 유채꽃 물결을 이룬다. 그 때문에 제주에서도 가장 아름다운 관광지로 손꼽힌다. 이미 등대 앞에는 한 무리의 사람들이 사진 찍기에 여념이 없다. 물론 그 아래쪽의 유채꽃밭은 한층 더 분주하다. 남녀노소가 따로 없다. 모두들 만면에 웃음이 가득하다. 꽃을 벗 삼아 마음을 살찌운다. 어느새 엄마도 그 무리들 사이로 섞인다.

"정말 잘도 피었네. 니들은 어찌 그리 예쁘나?"

제주 여행을 권하면서 나는 줄곧 유채꽃이 피었을 거라며 엄마를 설득했었다. 엄마는 그런 내 말을 온전히 믿지는 않았던 모양이다. 막 3월에 들어선 섭지코지는 이미 사방이 노랗게 물들어 있었다. 엄마는 유채꽃 사이를 걸으며 마냥 좋아한다. 햇빛을 볼 수 없는 흐린 날이지만 유채꽃의 노란 빛깔만은 맑은 날의 정오 못지않다. 작은 꽃망울들은 초록의 줄기를 따라 올라 더 이상 오를 곳이 없을 때에야 활짝 피어났다. 바람이 불면 이리저리 흔들리며 색이 번진다. 자연이 그리는 그림이란 이리도 신묘하다. 나도 그 화려한 색감에 흠뻑 빠져든다. 샛노란 생명력이 눈부시다. 그 품에서 아이처럼 뛰어노는 엄마를 당겨서 사진에 담는다. 뒤늦게 눈치챈 엄마가 노란 유채꽃 사이에 쪼그려 앉는다. 꽃들의 무리 위로 방긋한 얼굴이 솟았다.

"거기서 찍으면 얼굴이 나오나? 더 가까이서 찍어야지."

나는 좀 더 가까이 다가선다. 웃음기 가득한 얼굴이다. 눈가의 주름도 덩달아 곱다.

"오, 표정 좋은데. 유채꽃 같아."

나는 실없는 농을 건넨다. 그 말에 엄마가 단숨에 달려와 카메라를 뺏는다.

"이거 어떻게 보는 거나?"

조금 전에 찍은 사진을 액정에 띄운다. 유채꽃의 품에 안긴 임마가 나타난다. 시진을 보는 엄마가 말이 없다. 한 장, 두 장, 세 장을 넘기더니 금세 풀이 죽었다.

"어휴, 이제 나도 정말 많이 늙었구나. 주름 좀 봐라."

"왜 괜찮구만. 괜히 그래."

아니다. 실은 주름이 깊다. 볼살도 많이 빠졌다. 또래에 비해서야 젊어 보인다지만 어찌 세월이 당신만 비켜가겠나. 시간은 어떤 방식으로든 흔적을 남긴다. 아파도 어쩔 수 없는 일이다.

⁂

엄마는 환하게 웃는 표정이 참 예쁘다. 살짝 눈웃음도 친다. 나는 엄마를 닮았다. 사진을 찍을 때 웃는 표정이 좋다는 말을 자주 듣는다. 그래서 우리는 사진 찍히는 걸 좋아한다. 엄마는 못내 아쉬운지 선글라스를 썼다 벗었다

한다. 실은 나도 엄마의 사진을 찍는 것이 심란한 시기가 있었다. 늘어난 주름과 조금씩 여위어가는 엄마의 얼굴을 마주한다는 게 여간 마음이 복잡하지 않았다. 당신은 내게 만년(萬年) 소녀 같았는데 서서히 만년(晩年)의 여인이 되어가고 있었다. 세월을 이기려 곱게 화장을 하지만 그것으로 숨기기에는 얼굴에 새겨진 흔적이 짙었다. 차마 그 말을 건네지 못하는 건 행여 마음의 나이마저 세월을 이겨내지 못할까 근심스러워서였다.

그런 생각도 잠깐, 나는 다시 엄마의 표정을 보기 시작했다. 개개의 주름만으로, 또 작은 표정만으로 읽어낼 수 없는 엄마의 얼굴. 생김새가 아니라 표정으로 전해지는 이미지. 잘생겼다거나 예쁜 것보다 깊은 인자함과 온화함. 그 모든 것을 아우르는 여유로움. 그 안에는 서서히 세월이 녹아들어 만들어낸 엄마만의 얼굴이 있다. 너그럽게 사람을 품어 안는 표정이다. 엄마는 그 변화가 슬픈 듯했지만 나는 오히려 그 모습이 아름다웠다. 마음의 창이 있다면 저런 모습을 하고 있겠구나. 언젠가는 엄마도 나이를 먹은 당신의 모습을 사랑하게 되겠지. 하지만 지금은 아닌 것 같다. 다시 선글라스를 쓴 엄마가 뒷걸음을 친다.

"좀 멀리서 찍어. 나 말고 풍경이 잘 나오게."

인물 사진에 풍경이 과하면 곧잘 '사진이 이게 뭐냐'던 엄마다. 나는 군말 없이 멀찌감치 물러선다. 광활한 자연을 엄마의 어깨 너머로 걸쳐 둔다. 앵글 안의 엄마는 점점 작아진다. 사진 찍기 싫다면서도 카메라 앞에 서는 당신이다. 집에 가기 싫다면서도 다시 집으로 찾아드는 당신이다. 하고 싶은 게 많고 늘 힘이 넘쳐나던 그녀는 어느새 하기 싫은 것들도 조금씩 늘어간다. 그래도 다시 슬며시 욕심을 내기도 한다. 나는 엄마의 표정을 먼저 마음에 담고 카메라로 다시 당신의 모습을 잡는다. 선글라스로 눈가의 주름은 가렸다만 엄마는 여전히 웃고 있다. 그러니 더 젊어 보인다.

'그래, 엄마야. 우리 그리 살자. 잃기도 하고 찾기도 하며 후회 없이 누리며 살자.'

엄마,
제주가 좋나
아들이 좋나?

평일의 제주는 평온하다. 도로에도 차가 많지 않다. 스쿠터를 탄 여행자들만 종종 눈에 띈다. 시간이 지극히 천천히 흐른다. 엄마에게도, 나에게도 모처럼의 휴식이다. 치열하든 나태하든 생활 속에서 우리는 늘 피곤하다. 어떤 강박들 때문이다. 멈춰 서서 늘어지게 낮잠을 자거나 멍하니 하늘을 바라봐서는 안 되는, 끊임없이 무언가를 해야 하고 또 무언가를 찾아다녀야 하는 삶의 습관이 우리를 그리 내몬다. 그래서 여행이 좋은가 보다. 바보처럼 바다만 쳐다봐도, 아무 생각 없이 무작정 걷기만 해도, 목적이 없어도 그 자체로 목표 달성이 되는 행위. 게으르고 게으른 나지만 그나마 여행과 친해지고 여행이 일이 될 수 있었던 것은, 아마도 일상에서 벗어난 세계가 일터가 될 수 있다는 점 때문일 것이다. 엄마와 나는 24년의 나이 차가 나지만 여행의 의미가 크게 다르진 않을 것이다.

우리는 목적지 없이 달렸다. 제주의 중앙 쪽이라고 방향만 정한 상태다. 지도 한 장을 들고 차를 달리다 맘에 드는 곳이 있다면 들렀다 가리라. 한가롭게 제주를 누비겠다며 나선 길이다. 몇 해 전 목적 없이 제주를 걸었던 적이 있다. 그때 세세한 제주의 숨은 그림들을 보았다. 길가에서도 한가로이 만나지는 소와 말들, 불쑥 다가서는 오름들, 그리고 꽤나 거친 바람의 간섭. 그날처럼 걸어 다닐 수는 없지만 마음만은 그때처럼 자유로이 놓아주기로 마음먹었다.

산굼부리가 보인다. 산굼부리는 제주에 처음 왔을 때 가본 적이 있다. 그 후로도 몇 차례 더 다녀왔다. 제주의 필수 관광지다. 엄마도 가본 적이 있다 했다. 우리는 더 새로운 곳을 찾아 산굼부리를 지나친다. 아직은 여행에 대한 욕심들이 속 시원하게 버려지지 않는다. 얼마 지나지 않아 제주 미니미니랜드가 나온다. 미니미니랜드는 세계 50여 개국의 유명 관광지에 있는 상징적인 공간이나 랜드마크를 재현한 미니어처파크다. 마치 걸리버 여행기에 나오는 거인이 된 기분으로 전 세계를 굽어보며 즐길 수 있다. 주차장에 차를 세우고 보니 바깥에서도 대충 안쪽의 풍경을 어림짐작할 수 있다. 입구 너머를 살펴본 엄마가 매표소를 향하던 내 팔을 잡아끈다.

"그다지 볼 게 없을 것 같네. 아이들은 좋아하겠다만."

맞는 말이다. 아이들에게는 신기한 볼거리겠지만 어른들에게는 그냥 커다란 장난감 왕국 같을 수도 있다. 다시 차에 오른다. 어디면 어떨까. 가다 보면 우리를 사로잡는 곳이 있겠지. 다행히 제주에 대해 잘 알고 있는 편이니 언제라도 당신이 원하는 것을 찾아낼 수 있으리라.

차창을 열어 제주의 바람을 맞는다. 아직은 쌀쌀한 초봄이지만 상쾌하다. 제주의 바람이 차 안을 차게 식힌다. 진즉에 떠나올 걸. 제주가 돌, 바람, 여자가 많아 삼다도(三多島)라고 불렸던가. 제주의 바람을 가로질러 제주돌문화공원에 도착했다. 제주에 다녀간 선후배 가운데 제주돌문화공원을 의외의 발견으로 손꼽는 이가 많았다. 제주돌문화공원은 탐라목석원을 운영하던 백운철 원장이 기증한 1만 4,000여 점의 수집품을 기반으로 세워진 공원이다. 그는 1969년부터 제주를 누비며 제주의 돌과 나무를 수집해왔다. 한 인간의 집념이 담긴 산물인 셈이다. 하지만 제주돌문화공원 앞에서도 엄마는 쉽게 걸음을 내딛지 못한다. 망설이며 자꾸만 바깥을 맴돈다. 그리고는 "여기도 별로"란다. 말은 안 하지만 입장료 때문이다. 두 사람 해봐야 고작 만 원 남짓한 입장료를 두고 혼자서 셈을 하는 것이다. 엄마의 계산법으로는 장난감 같은 미니어처나 제주에 굴러다니던 돌을 모은 것에 불과한 공원에 만 원을 내는 게 과하게 느껴졌나 보다.

"김 여사, 왜 그러셔?"

"별로 볼 게 없을 것 같으니까 그러지."

"밖에서 보는 거랑 안에서 보는 거랑 달라요. 김 여사 자꾸 그러시면 섭섭합니다."

결국 제주돌문화공원도 아니란다. 주차장에서 차를 돌려 나오는데, 차체가 뭔가에 긁히는 소리가 난다. 당신 차가 아니라 불안하던 엄마는 오늘도 운전이 유난히 조심스러웠다. 놀란 엄마가 먼저 뛰어나간다. 차를 살펴보니 뒤쪽 범퍼 아래가 경계석에 살짝 닿은 것 같다. 다행히 이렇다 할 흠집이 나지는 않았다. 차를 렌트할 때부터 흠집이 나 있던 부분이다. 차를 빌릴 때 차량 이곳저곳을 점검하는 일은 렌트카 회사 직원과 내가 함께 했다. 나는 기억하지만 엄마는 당신의 부주의로 생긴 흠이 아닌가 걱정이다.

"이거 직원이랑 확인하고 표시해뒀던 거야. 예전부터 있던 거니까 걱정 마. 엄마가 잘못해서 생긴 거 아니야."

사실이지만 이 말이 당신의 근심을 가라앉히지는 못한다. 렌트카 범퍼 아래 바닥까지 살피며 안절부절못하는 모습에 나는 계약서를 꺼내 표시한 부분을 확인시켜준다. 그제야 안심은 한다지만 엄마는 미심쩍은 표정을 지우지 못한다. 처음으로 내가 운전을 했으면 좋았을 텐데 하는 후회가 든다. 늘 운전하는 엄마의 옆자리를 차지하고도 그런 생각은 하지 못했는데. 지금껏 많은 곳을 함께 다녔지만 이런 종류의 고민은 늘 당신 몫으로만 넘겨온 것이다.

엄마가 운전면허증을 딴 지는 15년이 넘었다. 어느 날 갑자기 운전면허증을 따겠노라 선언했다. 아버지를 비롯해 가족 모두가 그 선언에 의아한 표정을 지었다. 그때만 해도 여성 운전자가 많지 않았다. 하물며 사십 대 중반의 시골 아낙이 운전면허증을 따겠노라 했으니 낯설고 놀랄밖에. 아버지는 농반 진 반으로 해보라고 했고 그날부터 엄마는 수험생이 됐다. 젊은 사람들은 넉넉잡아 3일만 공부해도 합격한다는 운전면허 필기시험을 엄마는 한 달 전부터 준비했다. 그 모습이 마치 사법고시를 준비하는 고시생 같았다. 살면서 엄마가 무언가에 그토록 열중하는 것을 본 적이 없다. 항상 배움에 한을 품고 사는 여인이었을 뿐, 늘 바쁜 일상에 밀려 작은 여유도 갖지 못하는 당신이었다.

중학교까지만 졸업했어도 당신이 더 많은 것들을 이해하고 더 많은 것들을 해낼 수 있었을 거라, 다른 인생을 살 수 있었으리라 읊조리던 엄마였다. 그 다른 인생이 어떤 것인지 알 수 없는 나는, 중학교와 초등학교가 무슨 큰 차이일까 싶었지만 당신에게는 분명 삶 속에서 체감하는 부분이 다른 듯했다. 그래, 당신에게는 내가 모르는 당신만의 세계라는 것이 있겠지. 지금이라면 과일이라도 깎아주고 커피라도 타주며 엄마를 응원했겠지만, 그때는 운전면허증이 무에 그리 대단하다고 저리 열심인가 싶었다. 엄마의 인생에 무지하고 무관심했던 것이다.

그런 기억이 떠오르면 내가 나이를 먹는 게 다행이라는 생각이 든다. 내가 몰랐던 세계, 엄마의 '그때'를 복기하며 새삼 이해할 수 있는 게 늘어나는 걸 보면. 필기시험에서 엄마는 정확히 92점을 맞았다. 2종보통면허 시험의 합격선인 60점을 훨씬 상회하는 점수였다. 우리는 그저 합격이구나 했지만 당신은 중학교 졸업장을 받은 것처럼 기뻐했다. 지금의 당신에게도 그날 같은 열정이 남아 있을까. 무언가를 새로 시작하고, 그것이 남들 눈에는 지극히 사소한 것이라도 당신이 희열을 느끼고 희망을 찾을 수 있을 만한 어떤 것들이.

"괜찮겠지?"

걱정을 떨치지 못한 엄마가 묻는다.

"괜찮아. 아까 계약서 봤잖아. 문제 생기면 내가 다 책임질게. 대신 지금부터는 입장료 같은 거 생각하지 말고. 자꾸 그런 생각하니까 운전을 제대로 못하는 거 아닙니까!"

심짓 나무라는 시늉을 하자 그제야 안심한듯 평소대로 대답이 돌아온다.

"그럼, 니가 운전하던가."

할 수만 있다면 그러고 싶다. 환갑여행에서조차 엄마에게 운전대를 맡기고 룰루랄라 하는 아들이라니. '다른 집 아들들'은 엄마를 옆자리에 모시고 편하게 다닐 텐데. 그랬으면 당신이 렌트카에 흠이 날까 전전긍긍하며 운전하지 않아도 됐을 텐데.

◦◦◦

"졸리면 자도 돼."

당신이 근심을 털어냈노라는 표식이다. 잠이 오긴 하지만, 눈을 감진 않는다. 차는 인적이 드물고 바람이 기운차게 몰아치는 제주의 도로를 따라 달린다. 굳이 관광지가 아니어도 괜찮겠다는 생각이 든다. 엄마에게 운전대를 맡

겨야 하는 현실은 미안하지만, 그저 둘이서 유유자적 느릿느릿 돌아다니는 것도 즐겁다.

제주에 오기 전 동생에게 전화를 걸어 엄마에 대해 물었다. 멀리 떨어져 있어도 이틀에 한 번은 전화를 하는 모녀 사이니 나보다 더 많은 걸 알고 있지 않을까 싶었다.

"어떤 데 가면 엄마가 좋아할까?"

"오빠야, 그건 니가 더 잘 알잖아. 니가 하는 일이 그런 거잖아."

"그래도, 엄마의 취향 같은 게 있을 거 아니냐. 니는 딸이잖아. 뭐 생각나는 거 없나?"

"다 필요 없어. 엄마는 그냥 아들이랑 같이 여행 간 것만으로도 좋을 거야."

그래, 어디를 간들 어떨까. 내게도, 엄마에게도 평생 처음으로 같이 떠난 긴 여행인데. 내가 몰랐던 엄마를 조금이나마 알게 된다면, 그 마음속 돌 같은 슬픔이나 나무처럼 뿌리 깊은 근심을 나눠 들 수 있다면 족할 것을. 서툴러도 진실되게 마음을 나눠가질 수 있다면 이 여행은 충분히 의미 있고 행복한 추억이 되겠지. 엄마가 편안한 운전을 책임진다면, 나는 편안한 여행의 운전자가 되리라. 당신의 마음이 편히 쉴 수 있는 여행이 되도록.

"자기 전에 어느 쪽으로 가야 하는지는 말해줘."

"그냥 김 여사 발길 닿는 대로 가. 어디면 어때."

나는 눈을 감는다. 그다지 잠이 오지는 않는다. 하지만 나는 이제 잠을 잘 거다. 운전도 안 하면서 조수석에 앉아 잠이나 자는 못된 아들이려나. 남들에게는 그런 말을 들어도 할 말이 없다. 그래도 내 엄마에게는 다르다. 김 여사는 지금부터 한층 조심스럽게 차를 몰 거다. 아들의 잠이 깨지 않도록 주의하겠지. 그럼 당신은 약간은 뿌듯하겠지. 나이든 아들에게도 챙겨줄 수 있는 뭔가가 있다는 게 당신의 삶을 좀 더 건강하게 만들 수도 있겠지. 그 적막 속에서 어쩌면 스스로 목적지를 찾으려 고민을 할지도 모른다. 아니면 세수의 풍광을 달리며 잠깐 당신만의 시간을 가질지도 모른다. 당신 자신과 짧게나마 진지한 대화도 나눠볼 수 있으려나. 모르겠다.

여행지의 시간이란 언제나 우리가 바라는 대로만 흘러가지 않는다. 이 시간이 어떻게 흘러가건 동생 말처럼 아들과 함께하는 여행이 당신에게는 기쁨일 것이라 믿는다. 어쨌든 운전은 배워야겠다. 서울에 돌아가면 당장 운전 연수부터 시작해야지. 눈을 감은 채 다짐한다. 따스한 제주의 햇살이 이불처럼 내려앉아 그늘을 지운다. 이러다 정말 잠이 들지도 모르겠다.

내가
아는 당신,
내가 모르는 당신

"아침 먹으러 가자."

엄마의 목소리에 눈을 떴다. 아침이다. 흐린 눈으로 창밖부터 살핀다. 여전히 날씨가 흐리다. 간밤에는 비가 내렸다. 해질 무렵부터 시작된 비가 밤새 이어졌다. 모처럼의 여행이건만 밉살스런 날씨가 야속하다. 그래도 비는 그쳤으니까 나행이다. 방 안은 따뜻하다. 외풍 심한 집에서 늘 난방비 걱정하던 엄마였다. 그나마 아들이라도 내려가야 얼마간 힘차게 돌아갔던가. 따뜻한 실내 공기로 여기가 리조트라는 걸 실감한다. 엄마야 오죽할까. 가볍게 눈곱을 떼고는 식당으로 향한다.

조식 뷔페가 낯선 엄마는 조심조심 내 뒤를 밟는다. 어색하고 긴장된 발걸음이다. 여느 호텔이나 리조트에서 볼 수 있는 가벼운 아침 식사 메뉴를 한 바퀴 돌며 살펴본다. 토스트와 빵 그리고 햄과 소시지, 오믈렛 등이다. 각자의 접시에 몇 조각의 빵과 음료를 담아 자리에 앉는다. 여행지의 아침이 주는 설렘이 식탁에 가득하다.

빵보다는 밥이 익숙한 엄마지만 이날의 접시에는 빵이 담겼다. 종류별로 제법 다채롭다. 가벼운 기도 후 엄마가 빵들을 정복하기 시작한다. 말 그대로 정복이다. 식사로는 빵보다는 밥을, 간식으로도 빵보다는 떡을 좋아하는 당신이다. 그동안 내가 잘못 알고 있었나 싶다.

"웬일이야. 빵이 맛있어?"

"여기 빵 참 맛있어 보여서. 다른 데랑 다른 것 같아."

내게는 그다지 다르지 않아 보이건만 엄마에게는 맛깔난 듯했다. 한 접시를 비워내고 두 번째 역시 빵으로 가득 찼다. 그 상황이 당황스럽기도 하고 재미있기도 해서 나도 모르게 웃는다. 어제만 해도 소화가 안 된다더니 하룻밤 사이에 평소 잘 먹지도 않던 빵 마니아가 됐다.

"제주 물이 이상한가? 김 여사 식성을 다 바꿔놓네."

"그러게. 나도 잘 이해가 안 간다."

엄마가 또 빵을 집어 든다. 그 모습을 보고 있자니 빵이 세상에서 가장 맛있는 음식 같다. 나도 덩달아 빵 하나를 집는다. 엄마는 그 자리에서 빵만 일곱 개를 해치웠다. 하지만 걱정되지는 않았다. 웃으며 즐겁게 먹으면 체하는 법이 없으니까.

빵을 과식한 엄마를 위해 커피 한 잔을 가져온다. 커피를 좋아하는 엄마는 하루에 한두 잔은 꼭 마신다. 세상에서 제일 맛있는 커피는 일회용 커피믹스라는 게 당신의 주장이다. 잔뜩 먹은 빵의 효과일까. 이번에는 원두커피를 맛있게 마신다. 커피의 향이 한층 향긋하다.

※

"오늘 첫 번째 코스는 어디나?"

배가 '빵빵'해진 엄마가 의기양양하게 묻는다. 이제 흐린 날씨 따위는 문제가 되지 않는다.

"오늘의 첫 번째 코스는 김녕미로공원이야."

"거긴 어떤 데나?"

"가보면 알아."

김녕미로공원은 제주대학교에 재직하던 프레더릭 더스틴 교수가 조성한 곳으로 디자인은 미로 디자이너 애드린 피셔가 맡았다. 텔레비전 광고나 하지원이 주연한 「키다리 아저씨」 등의 영화에도 단골로 등장하는 우리나라 최초의 미로공원이다. 미로의 전체 모양은 제주의 해안선을 본떴고 방향도 제주의 방위선을 따랐다. 랜란디나무로 이뤄진 미로는 고인돌이나 조랑말, 하멜의 난파선 등의 형태를 옮겨왔다. 공원 자체가 제주를 집약하고 있는 셈이다.

무엇보다 의미 있는 것은 수익의 상당 부분을 지역사회에 환원한다는 점이다. 몇 해 전 제주에 내려왔을 때 김녕해수욕장의 해변을 서성이다 우연히 동네 꼬마들과 잠깐 논 적이 있다. 녀석들은 프레더릭 교수가 아니라 '프레더릭 할아버지'라고 불렀다. 그 아이들에게는 무척이나 친근한 존재인 듯했다. 프레더릭 할아버지 덕분에 영어도 배우고, 장학금도 받는다며 자랑이 이만저만이 아니었다.

이 또한 미로공원이 가지는 고유한 즐거움이 없다면 여행객에게는 무용지물일 터. 미로 속에서 길을 찾는 재미는 각별하다. 길을 찾은 후에는 단상 위에서 미로를 헤매는 이들을 지켜보는 재미도 쏠쏠하다. 그래서 가족 단위 관광객들이 즐겨 찾는다. 가족이 함께 편을 나눠 출구 찾기에 여념이 없는 모습도 종종 볼 수 있다. 헤매다가 출구를 찾았을 때의 해방감이 꽤 짜릿하다.

김녕미로공원으로 향하는 차 안에서 엄마에게 프레더릭 교수의 일화를 들려주었다. 원체 호기심 많은 당신이니 소소한 이야기들이 미로공원에 대한 관심을 높여주리라 믿었다. 초록의 랠란디나무 입구를 지나 미로 속으로 들어서 몇 분을 헤맬 때까지는 괜찮았다. 그런데 족히 3미터가 넘는 나무로 빽빽한 미로를 걷던 엄마의 표정이 점점 일그러지기 시작했다.

"머리 아프다. 이게 뭐하는 거냐."

"원래 이런 거야. 이렇게 헤매면서 길을 찾아가는 거야. 그 재미로 들어오는 거고."

한 무리의 아이들이 우리를 앞질러 뛰어간다.

"아유, 정신이 하나도 없다. 이게 무슨 관광지야. 머리만 아파. 사람을 가

뒤놓고는 헤매게 하고. 밀도 안 돼. 이런 건 항의해서 입장료를 환불받아야 해."

농담이 아닌 듯했다. 엄마는 단단히 화가 나 있었다. 지나가는 또래의 아주머니에게 동의를 구하듯 불평을 늘어놓는다. 나는 적이 당황스러웠다. 아마도 엄마와 같이 산책을 하고 여행을 다닌 이후 가장 긴장되는 순간이었으리라. 갑자기 모든 것이 혼란스럽다. 그동안 엄마의 취향을 잘 알고 있다고 생각했는데. 같이 다닌 길과 같이 다닌 날이 얼마던가.

어느 순간 엄마는 왔던 길을 거슬러 걷기 시작했다. 출구를 못 찾으니 입구로 되돌아 나가겠단다. 가쁜 숨을 몰아쉬며 누르락붉으락한 얼굴을 하고는. 나는 죄인처럼 한 걸음 뒤떨어져 뒤를 따른다. 엄마가 저리도 흥분한 것은 처음이다. 당신은 같은 말도 한층 부드럽게 누그러뜨려 이야기하는 사람인데. 그런데 여기는 미로공원이다. 싫다고 해서 밖으로 바로 나갈 수 있는 곳이 아니다. 출구를 찾는 것은 우리의 의지와 무관하다. 차마 웃지도 울지도 못할 상황이었다.

전전긍긍 우여곡절 끝에 미로공원을 벗어나자 엄마는 크게 안도의 한숨부터 내쉬었다. 금방이라도 매표소로 달려가 항의를 할 기세였지만 다행히 그런 일은 없었다. 공원을 벗어나는 차 안에는 어색한 침묵이 감돌았다. 내가 생각했던 다음 코스는 인근에 있는 만장굴과 비자림이었다. 만장굴은 세계자연유산으로 세계 최장의 용암동굴이다. 제주의 대표적인 관광지지만, 엄마는 만장굴에 가본 적이 있노라 했다. 나는 코스에서 만장굴을 슬며시 지웠다. 엄마는 화를 좀 털어냈는지 내게 묻는다.

"주변에 다른 가볼 만한 데는 없나?"

"비자림이 있는데. 수백 년 된 비자나무 숲이야."

나는 자신 없는 목소리로 답한다. 비자림은 산책과 운동을 좋아하는 엄마에게 안성맞춤일 거라 생각했었다. 그 거대한 숲이 보여주는 나무의 물결은 굉장하니까. 「헨젤과 그레텔」이라는 영화를 비자림에서 찍었는데, 그곳에 가보면 왜 여기에서 찍었는지 그 까닭을 이해하게 된다. 고목들이 무리를 지어 가지를 뻗는데 그 기이한 수형은 어디에서도 보기 드문 풍경이다. 동화의 한 장면 같으면서도 신비롭고 때로 음산하다. 아는 사람들만 알음알음 찾아드는 제주의 비경이다. 그 길을 엄마와 함께 걸으면 좋을 거라 생각했는데. 하지만 김녕미로공원의 충격을 돌이키니 엄마를 쉽사리 비자림으로 이끌 수가 없었다. 게다가 운전대에 앉은 이는 내가 아니라 당신이다.

"제주도까지 와서 숲 같은 데는 왜 가나?"

나는 꿀 먹은 벙어리가 되고 만다. 슬쩍 곁눈질만 하는 나를 보다 못한 엄마가 나름의 타협안을 제시한다.

"배고프다. 점심이나 먹으러 가자."

그래, 이럴 땐 역시 맛있는 게 최고다. 조사해둔 몇몇 맛집의 목록을 떠올리고 머릿속으로 정리한다. 지금 엄마의 상태를 보아하니 고려해야 할 사항이 많았다. 숙소 가까이에 있는 해녀들의 식당인 '해녀의 집'이 적당할 것 같다. 해녀들이 직접 잡은 전복으로 맛있는 죽을 끓여내기로 유명한 곳이다. 아무래도 사람 이야기가 곁들어지는 게 좋을 듯했다. 비슷한 또래의 아줌마들끼리니 수다라도 떨면 가라앉았던 기분도 다시 좋아지리라. 나는 좀 전의 실패를 만회해볼 요량으로 길 안내에 나선다.

네비게이션에 목적지를 입력하고 다시 제주의 길을 누빈다. 제주라는 섬은 저만의 독특한 생김새를 가졌다. 바다며, 집이며, 사람이며. 그 모습을 살피다 보면 지난 일이란 쉽게 잊힌다. 엄마는 다시 즐거운 여행자로 돌아온다.

"제주는 참 볼 게 많아. 돌담 하나도 어쩌면 저렇게 잘 쌓았는지. 니들 아버지도 같이 왔으면 좋았을 건데. 밥은 잘 챙겨 먹고 있나 모르겠다."

미우니 고우니 해도 평생을 함께 산 부부다. 좋은 것들을 혼자 마주하고 있으니 마음에 걸리나 보다. 기어이 내게 전화를 해보란다. 나는 아버지에게 전화를 건다. 부자의 대화는 참으로 무뚝뚝하고 간결하다. 그러는 사이 차는 어느새 '해녀의 집' 앞에 도착한다. 해변에 소박하게 지은 식당이다. 안으로 들어서자 해녀로 보이는 아주머니 여럿이 바삐 오간다. 자리를 잡고 앉아 메뉴를 살핀다.

"근데, 여기는 죽 말고 다른 건 없나?"

"여기 전복죽이 맛있어."

"난, 그래도 뭐 다른 게 있을 줄 알았는데."

또 슬그머니 불안감이 밀려온다. 엄마는 내가 전복죽을 먹고 싶어하는 줄 알았나 보다. 어쩔 수 없이 일어서 밖으로 나온다.

"나는 죽 안 좋아해. 돈 주고 밥을 먹어야지 왜 죽 같은 걸 먹나."

할 말이 없다. 가슴이 좀 답답하다. 나름 고민하고 신경 써서 찾아낸 곳인데 번번이 퇴짜를 맞고 나니 기분이 썩 좋지마는 않다. 아무리 김 어사의 환갑여행이라지만.

"그냥 숙소 가서 라면이나 끓여 먹자."

참으로 엉뚱하고 약간은 화가 나는 엄마의 제안. 하지만 이미 나도 지친 상태다.

"그러자 그럼."

둘 다 말없이 숙소로 향한다. 내색은 안 하지만 서로 조금은 기분이 상한 상태다. 라면과 김치를 사서 방으로 돌아간다. 레인지에 불을 켜고 물을 끓인다. 방 안에 물 끓는 소리만 보글보글 울린다. 하루를 돌이켜본다. 무엇이 잘못됐을까. 무엇이 엄마의 마음에 들지 않았을까. 미로가 왜 그리 화가 났을까. 면 요리를 싫어하는 건 알았지만 죽도 싫어하는 줄은 몰랐다. 그러면서 라면을 먹자니. 생각이 깊어질수록 화가 나기보다는 궁금해졌다. 내 엄마는 어떤 사람인가. 그러고 보니 이번처럼 줄곧 며칠을 같이 지내는 건 독립

한 이후 처음이다. 고향에 가서도 나는 나대로 친구를 만나고 엄마는 엄마대로 일을 보러 나가니까. 그러다 가까운 명승지를 다녀오거나 저녁나절에 가끔 산책을 하는 게 전부였지. 엄마에 대해 진짜 공부는 아직 시작도 못한 게 맞구나.

"밥 먹자."

우리는 제주도의 화려한 리조트 안에 마주 앉아 후루룩 소리를 내며 라면을 먹는다. 시장이 반찬이라더니 라면은 맛있다.

"제주도에서 먹으니 라면도 맛있네."

분위기를 바꿔볼 요량으로 말을 건넨다.

"당연하지. 누가 끓였는데."

우리는 다시 다정하게 라면을 먹는다. 한층 더 요란하게 후루룩 소리를 내며 얼큰한 국물도 마신다. 어느새 이마에 땀이 송골송골 맺힌다. 머릿속에 송골송골 맺혀 있던 궁금증부터 닦아본다.

"엄마."

"왜?"

"아까 미로공원에서 왜 그렇게 화가 났어?"

"제주도까지 왔는데, 시간은 없는데, 볼 게 얼마나 많은데, 계속 똑같은 나무만 반복되는 곳에 갇혀서 헤매는 게 너무 화가 나잖아. 내가 나가고 싶다고 나갈 수 있는 것도 아니고. 그래서 그랬지. 식당에서는 돈 주고 죽 사먹는 게 아깝고."

어이없어 웃음이 나온다. 거짓말 같지는 않다. 고작 그런 사소한 이유라니.

"그럼, 빨리 라면 먹고 다른 데 가보자. 해 떨어지기 전에 갈 만한 데가 있을 거야."

젓가락질에 속도가 붙는다. 먼저 일어난 엄마도 재빨리 외출 채비를 시작한다. 갑자기 방 안이 분주해진다.

"그래도 김 여사가 아침에 빵을 많이 드셔서 다행이야."

그러자 엄마가 그 말이 정답이라는 듯 깔깔거리며 웃는다.

조금
.
더 멀리,
.
제주로

나는
엄마를
알지 못한다

나는 안도 다다오라는 건축가를 좋아한다. 그가 창조해낸 미술과도 같은 공간은 늘 가슴을 설레게 한다. 특히 자연과 빛을 다루는 그의 솜씨에는 언제나 탄성이 나온다. 몇 해 전 일본 시코쿠의 나오시마라는 섬에 다녀온 적이 있다. 나오시마는 안도 다다오의 건축으로 유명한 예술의 섬이다. 베넷세 하우스, 지중미술관 등은 단숨에 나를 사로잡았다. 특히 '이에(家) 프로젝트'의 일환으로 지어진 미나미테라(南寺)는 잊을 수가 없다.

미나미테라는 빛과 어둠으로 이뤄진 도량이다. 빛이 없는 통로를 따라 손으로 벽을 짚어가며 안으로 들어서면 의자가 있다. 거기에 앉아서 가만히 기다린다. 10분쯤 지나면 어슴푸레 사물이 떠오른다. 눈이 칠흑 같은 어둠에 서서히 익숙해지고 완전히 녹아들면, 그곳이 암흑으로 가득 찬 세상이 아니라 안으로 여린 빛이 스며들고 있음을 알게 된다. 시간이 지날수록 그 빛은 여리지 않음을 깨닫는다. 그 빛의 투사는 무어라 형언할 수 없는 감동을 준다. 미나미테라를 나서고도 한참 동안 뛰는 가슴이 진정되지 않았던 기억이 난다. 단순한 건물이 아니라 성찰의 통로를 지나온 듯했다.

제주에 내려 이곳저곳을 돌아보면서도 나는 자꾸만 안도 다다오의 건축을 훔쳐봤다. 섭지코지에는 우리나라에 들어선 그의 첫 건축물, 글라스하우스와 지니어스 로사이가 있다. 그가 즐겨 쓰는 노출콘크리트를 소재로 지은 건물이다. 글라스하우스는 해변에 자리한 레스토랑으로 제주의 바다를 품고 있어 그 풍모가 무척이나 시원스럽다. 지니어스 로사이는 명상 센터로 바깥에서 보기에는 단층의 소박한 모양새를 하고 있다. 개인적으로는 글라스하우스보다 지니어스 로사이가 궁금했다. 아마도 엄마의 환갑여행이 아니었다면 단숨에 달려갔을 것이다. 이번에는 여행 기간 중 한 끼 식사 정도는 글라스하우스에서 해야겠다는 정도로 자제하고 있었다. 그런데 섭지코지의 유채밭을 걸으며 이미 한 차례 엄마가 엄포를 놓은 터라 그마저도 쉽지가 않다.

"혹시라도 저기 예약하면 진짜 화낸다. 저런 데는 괜히 비싸기만 해. 맘이 편하지 못해서 소화도 잘 안 돼. 혹시라도 엉뚱한 짓 하기만 해봐."

무언의 규칙. 엄마의 대답이나 요구가 이처럼 단호할 때는 한 걸음 물러서는 게 상책이다. 물론 입장이 바뀌어도 마찬가지다. 내가 틈을 주지 않고 단호하게 말할 때는 엄마도 조건 없이 받아들인다. 그런 상황은 이제 경험으로 안다. 물론 고집스럽게 예약을 하면 엄마도 마지못해 따라나서기야 하겠지만 그런 가시방석에서 편안한 식사가 될까 생각하면 기분 좋게 라면 한 그릇 먹는 게 낫다.

우리는 그저 글라스하우스를 가볍게 탐방하는 것으로 대신했다. 글라스하우스는 1층의 갤러리와 2층의 레스토랑으로 이뤄져 있다. 1층은 필로티 구조다. 빈 공간을 뚫고 먼발치의 바다가 다가온다. 그 바다 위에 성산일출봉이 커다란 배처럼 떠 있다. V자 모양의 2층 레스토랑은 외관이 유리라 어디에 앉아도 전망이 좋다. 주 건축물의 주변에는 제주의 현무암과 나무 재질의 데크를 두어 동선을 유도한다. 콘크리트 벽들이 듬성듬성 조형물처럼 자리해 공간의 단조로움을 덜어준다. 그 사이로 섭지코지와 바다의 풍경이 나타났다 사라지기를 반복한다.

나는 잠깐 동안 엄마의 존재를 잊을 만큼 안도 다다오의 건축 세계에 빠져들었다. 나오시마의 추억이 하나씩 되살아났다. 엄마 또한 나만큼이나 진지하게 건물의 곳곳을 두루 살피고 있었다.

"내가 제일 좋아하는 건축가야. 예전에 일본 시코쿠에 일하러 갔을 때 홀딱 반했잖아. 보면서 가슴 뛰었던 건 이 사람 건축이 처음이었던 것 같아."

"이름이 안노 뭐라고?"

엄마가 귀에 익숙하지 않은 일본 건축가의 이름을 재차 묻는다.

"안도 다다오."

아마 그날 엄마는 내게 서너 번은 더 안도 다다오의 이름을 물었던 것 같다. 그 이름을 잊지 않고 기억하겠다는 듯 혼자 몇 번이나 중얼거렸다. 아들이 가장 좋아하는 건축가이기도 하려니와 그가 만든 또 하나의 건축물인 지니어스 로사이가 준 강렬한 예술적 충격 때문일 것이다. 지니어스 로사이에서 엄마는 내게 김녕미로공원에 이은 또 한 번의 커다란 충격을 안겼다.

글라스하우스를 돌아본 후 곧장 맞은편에 있는 지니어스 로사이로 향했다.
"저기도 가보자. 나 사실은 저기가 너무 보고 싶어."
"그래, 나도 재밌을 것 같아."
지니어스 로사이는 일종의 명상 공간이다. 기존의 관념을 깨뜨리는 안도 다다오의 건축답게 크고 작은 형식보다는 오롯이 그 본질에 집중하는 곳이다. 지니어스 로사이는 스스로의 마음을 비춰보는 공간이며, 그 수단으로 자연과 예술을 택했다. '명상'이란 단어에 사람이 압도당하게 하지 않는다. 외려 갤러리나 전시 공간의 성격이 강하다. 건축물 자체도 공간의 본질을 표현하는 하나의 작품이라 할 수 있다.
나란히 지니어스 로사이로 들어선다. 자그마한 연못을 지나자 바깥에서는 보이지 않던 너른 정원이 나온다. 무수한 현무암이 바닥을 채우고 있다. 현무암의 무리 사이로 전시실을 향한 직선의 길이 열린다. 길의 오른쪽은 억새밭이다. 낮은 콘크리트 벽으로 둘레를 만들고 바람의 길을 열었다. 바람이

불면 억새가 흔들리며 흔적을 남긴다. 반대편에는 제주의 야생화가 피어 있다. 빛과 어우러진 꽃의 환영이다. 돌의 배치 하나에도 신경 쓴 흔적이 역력한 공간은 그 자체가 곧 묵상을 하는 듯하다.

그 길의 끝에 주 전시실로 들어서는 건물의 벽이 서 있다. 현무암 벽의 가운데 아래쪽은 일주문 형태로 문이 없는 입구다. 안쪽으로 한 걸음 내딛자 통로의 양쪽 벽에서 물길이 떨어진다. 입구 바깥에서는 드러나지 않는 벽천 형태의 폭포다. 이 신기한 형상은 에릭 오어의 작품이다. 갑작스런 공간의 변화가 놀랍고도 진귀하다. 엄마와 나는 나란히 물의 흐름과 물의 소리에 빠져든다. 마음도 씻는다. 머리 위로는 하늘이 가득하다. 활짝 열려 있다. 그리고 다시 몇 걸음, 폭포를 지나 두 번째 문으로 들어서기 전 놀라운 풍경이 달려든다. 유채꽃의 노란 물결이다.

동선을 유도하는 현무암 벽은 사람의 눈높이에 맞춰 가로로 긴 직사각형의 창을 열어두고 있다. 아무런 장식 없이 테두리만 존재하는 빈 공간이지만 시선의 길은 열려 있다. 바람의 통로이기도 하다. 그 너머로 유채꽃밭이 너울너울 흔들리고, 글라스하우스와 성산일출봉이 들어온다. 제주의 아름다움을 '그림'처럼 차용한 '작품'이다. 풍경에 액자를 두른 것이다. 존재하는 풍경을 살짝 빌려왔을 뿐인데 가까이서는 느끼지 못한 것도 함께 담겨 있다. 한 걸음 떨어져 자연을, 일상을 다시 들여다보게 하는 힘이 있다. 유채꽃의 노란빛이 이리도 강렬했던가. 유채꽃은 검은 현무암 벽이 막아선 시계(視界)

의 작은 틈바구니에서 태양보다 환하게 빛났다. 그 작은 틈새가, 열린 창과 같은 공간이, 지니어스 로사이가 보내는 첫 번째 인사다.

그 앞에서 나는 말을 잃었다. 아름다웠다. 이제 막 지니어스 로사이로 첫 걸음을 디뎠을 뿐인데 그 짧은 통로를 지나며 안도 다다오가 건네는 첫 인사말에 거짓말처럼 매혹됐다. 그것은 경건한 종교의식과 닮아 있었다. 스스로를 들여다보는 거울과도 같았다. 그 건너는 방금 전까지 내가 걸었던 글라스하우스요 평범한 유채꽃밭이었다. 섭지코지의 언덕을 앞에 두며 일별하고 돌아설 만큼 자그마한 꽃밭이었다. 같은 풍경을 두고 전혀 다른 감흥을 얻은 건 순전히 지이너스 로사이 덕분이다. 마음으로는 이미 가만히 무릎을 꿇었다.

그런데, 더 나아가지 못하고 멈춰 서 있는 건 나뿐만이 아니다. 엄마는 감탄을 연발하면서도 뭐라 표현하기가 쉽지 않다는 표정이다. 건축물이, 공간의 분할이 만들어내는 경이로움이, 그녀에게는 완전히 다른 세계로 보이는 것이다. 나는, 그것을 알 수 있었다. 글라스하우스를 거절했던 그녀의 단호함은 다른 형태로 지니어스 로사이를 받아들이고 있었다. 아마도 당신에게 이것은 미지의 세계이리라. 그녀에게 여행이란 늘 대자연이거나 시간의 때가 짙게 묻어나는 문화재와의 만남이었을 테니까. 건축물이 주는 예술적 감흥이란, 지방의 소도시에서 나고 자라 평생을 살아온 당신에게는 지극히 낯선 경험인 것이다. 내가 나오시마의 미나미테라에서 느꼈던 감동의 파도가 엄마에게도 몰려들고 있는 것 같았다.

지니어스 로사이를 거니는 내내 엄마는 어딘가 달라 보였다. 바다를 대하고 숲을 대하고 꽃과 나무와 이야기할 때의 엄마는 마치 자식을 품는 듯했지만, 인간의 손이 빚은 건축과 예술작품 앞에 처음 선 엄마는 진지하게 교감하고 있었다. 처음 보는 당신의 모습이었다.

계절에 따라 나이를 먹어가는 나무를 담은 미디어아트 작품 「다이어리」(문경원) 앞에서 우리는 한참을 앉아 있었다. 엉덩이를 땅에 붙인 채 멍하니 새순이 돋고 낙엽이 지는 계절의 변화를 감상했다. 이제 막 60갑자(甲子)를 지나 환갑을 맞은 당신은 말했다.

"시간을 말하는구나. 인생 같다."

어제의 제주 하늘을 보여주는 원형의 스크린 위에서 엄마는 하늘 위를 걸어 다녔다.

"이게 어제 우리가 본 하늘이구나. 오늘보다 맑았네."

영상이 투영되는 시설까지 고루 살피며 호기심을 드러낸다. 성산일출봉의 풍경이 실시간으로 투사되는 「오늘의 풍경」도 신기한 듯 한참을 들여다본다. 그 공간의 틈새로 스며드는 빛이며, 미로처럼 이어지는 통로와 공간의 들고 남에도 관심을 보인다.

"참, 신기해. 사람이 어떻게 이런 걸 만들었을까. 이거 지은 사람 이름이 뭐라고 그랬지?"

"안도 다다오."

확인하듯 재차 답을 구하는 엄마의 모습이 이제 막 걸음마를 배우는 아기 같기도 하고 이제 막 글을 깨쳐가는 소녀 같기도 하다. 나는 그녀의 뒤를 따라 걸으며 물어올 때만 한두 마디를 거들을 뿐 많은 말을 하지는 않았다. 가만히 엄마를 살폈다. 그녀가 집중하고 감동하는 그 모습들을 하나하나 눈에 담고 마음에 쌓았다. 나는 그 모습이 신기하면서도 몹시 낯설었다. 지하의 전시 공간을 모두 돌아보고 큐레이터에게 고맙다며 곳감 하나를 건넬 때에야 비로소 내 엄마 같았다.

애초에 안도 다다오의 건축은 나의 여행 목록에만 있었다. 엄마를 위해 생각한 목록에는 제주의 자연은 있었지만 예술은 없었다. 그저 편안하게 볼 수 있는 풍경들, 휴양의 목적에 충실한 여행지만을 찾았다. 그것이 당신의 고단한 삶에서 떠나와 잠시 쉬어갈 수 있는 여행인 줄 알았다. 바쁜 일상으로부터의 탈출이라 여겼다. 제주에도 아름다운 갤러리와 건축물이 많지만 그것은 오래 전부터 예술을 향유해온, 경제적으로 여유로운 어른들의 몫이거나 젊은 사람들의 취향이라고만 오해했다.

엄마의 삶은 당신이 표현을 하건 하지 않건 내게는 늘 희생의 삶이었고, 인내의 삶이었다. 당신이 환하게 웃을 때조차 그 표정이 나오기까지 또 얼마나 많은 회한이 쌓였을까 지레짐작했다. 그 삶 속에서 예술은 사치라고 결론

짓고 있었다. 엄마에게 건축이란 집을 짓는 행위이지 예술로 다가가진 못하리라는 편견을 갖고 있었다.

　그런 당신이 지니어스 로사이에서 진지하고 진실한 태도로 안도 다다오의 건축과 만나고 있었다. 미나미테라에서의 나처럼. 당신에게는 난해한 숙제 같은 것이라 생각했는데 이건 무엇일까. 나는 조금 당황스러웠다. 미궁이다. 어제 김녕미로공원에서 받은 충격 아닌 충격이 채 지워지기도 전에 정반대로 다른 당신의 모습과 마주한 것이다. 미궁이 점점 더 깊어진다. 두서없는 생각 속에서도 사실 내가 답을 알고 있다는 건 명확했다. 엄마를 작은 시골 마을에서 태어나 결혼을 하고 자식을 낳고 평생을 살아온 아낙이라고만 정의해 온 내가 스스로 미로를 만든 것이다.

　몰라도 너무 몰랐다. 안다고만 생각했지 알려는 노력도 안 한 것을 이제야 알겠다. 스스로 재단하고 스스로 규정짓고 나는 엄마를 가벼이 여겼구나. 그것이 의식적이건 내 무의식에 잠재한 엄마에 대한 친근감의 다른 형태이건, 아니라고 답할 수 없었다. 엄마를 가벼이 여긴 것은 나였다. 건축은, 미술은, 예술은 무수한 수사와 분석의 말로 해석해야 하는 것이 아니라 그저 감상만 해도 족한 것이라는 평범한 사실을 잊고 살았는지도 모른다. 너무도 익숙해서 그 의미마저 가물가물한 엄마의 본질을 잊고 지내듯이, 그저 잘 지은 밥과 맛깔스럽게 익은 김치만이 당신의 전부라고 여기며 살아온 건 아닐까. 엄마 앞에서 나는 늘 세상 혼자 아는 양 교만하고 거만하지 않았나. 당신에게 저리 섬세하고 고운 감성이 살아 숨 쉬는데 나는 그걸 몰랐다. 부끄럽고 미안하고 안쓰러운 감정이 밀려와 무릎이 떨렸다.

그것은 비단 엄마의 문제만이 아니었다. 내가 감히 안다고 여겼던 것들, 내가 감히 이해한다고 생각한 모든 것들에 대한 문제였다. 살면서 나름 적잖은 시련을 겪으며 자신이 성숙했다고 여긴 건 착각이었다. 아무리 길다 한들 내 인생의 길이가 엄마의 인생을 앞설 수는 없다. 나는 내가 어른인 줄 알았건만 한참 모자란 아이였다. 내 느린 걸음은 언제쯤 당신의 마음 표피에라도 다다를 수 있을까. 시간은 서로의 마음에서 이리도 다른 속도로, 다른 방향으로 흘러가고 있는데 말이다. 감히 모두 다 안다고, 모두 다 안을 수 있다고 생각했던 나 자신이 떠올라 머릿속이 하얘졌다. 아니었다.

정신이 들었다. 내 맘대로 재단해버린 세상의 모든 일에 정신이 바짝 들었다. 목 뒤로 한기가 흘렀다. 애초에 나는 정말 엄마의 집이 어떤 의미인지 알기나 했던 것일까. 나 스스로 엄마에 대해 알지도 못하면서, 간신히 스스로의 교만함에 회초리가 가해지고 나서야 정신을 차리는 주제에 엄마와 함께 그녀의 집을 찾으려 했다니. 이런 내가 엄마를 위로하고 엄마의 인생에 대해 이야기하려 했던 것일까. 도대체 그동안 나는 무엇을 알고 무엇을 느꼈으며 무엇을 이야기한 것일까.

얼굴이 화끈거렸다. 그녀는 정말 나에게 '김 여사'였을까. 운전대를 잡고, 먹을거리를 챙기고, 퉁명스런 타박을 들으면서 아들과 함께한다는 이유만으로 수고를 감내한 당신이 내게 정말 '여사님'이었을까. 농담이 아니라 당신 이름 뒷자리에 붙여놓은 내 면죄부는 아니었나. 지니어스 로사이 명상의 통로는 그토록 짧건만 지난 시간을 통째로 복습하기에는 충분할 정도로 길고 길었다.

⁂

엄마는 한동안 지니어스 로사이에서 받은 감흥에서 빠져나오지 못했다. 내가 당신에게 한 번도 안겨주지 못한 예술적 감흥. 일본의 건축가가 이국땅에 지어놓은 건축물에서 당신을 이리 새로 알게 될 줄은 몰랐다. 나는 지난 1년여의 짧고도 긴 여행의 시간 동안 도대체 엄마에게 무엇을 주었던가. 잠깐의 일탈, 위안과 위로. 내가 줄 것이 그것뿐이라는 걸 알고 떠난 산책이요, 여행이었지만 자신의 왜소함을 자책하지 않을 수 없었다.

동시에 다행이다 싶었다. 공룡의 발자국처럼 오랜 시간의 풍파에 굳어져 엄마의 마음은 이제 움직이지 않을 거라 생각했는데, 그래서 줄 수 있는 것이 작은 위로밖에 없는 줄 알았는데, 엄마의 가슴을 뛰게 할 뭔가가 더 있을지도 모르겠다는 생각이 들었다. 지금껏 엄마는 더 많은 것을 보고, 더 많은 사람을 만나고, 더 많은 세계를 거닐지 못했을 뿐이지, 어쩌면 그녀의 가슴에는 나 따위는 상상도 못할 커다란 꿈이 자라고 있는지도 모를 일이다. 그러자 마음이 조금은 가벼워졌다. 헛되지만은 않을 거라는 위안이 생겼다. 나란히 걸어온 서천의 강변이, 죽령의 옛길이, 단양의 산성이, 울진의 숲길이, 엄마에게도 나에게도 무상한 시간의 이어붙이기만은 아닐 것이다. 고마웠다. 그냥 고마웠다. 같이 걸어준 엄마가 고마웠다.

전시실을 두루 돌아본 후 노란 유채꽃의 무리와 성산일출봉이 보이는 여백의 창 앞을 지나며 나는 앞서가는 그녀를 불렀다.

"엄마! 김란기씨!"

엄마가 웃는다. 분홍색 재킷과 파란색 면바지가 당신 어깨 너머의 유채꽃과 잘 어울린다. 진달래와 개나리가 섞인 봄산 같다. 엄마는 저 녀석이 또 무슨 짓궂은 장난을 치려나 하는 얼굴이다. 당신은 웃을 때 가장 예쁘다. '난기'는 싫다며 굳이 '란기'라고 불러달라던 내 엄마. 나는 다시 한 번 당신의 이름을 부른다.

"김란기 여사!"

수줍게 웃던 엄마가 크게 고개를 끄덕거린다. 위대한 건축보다 엄마의 삶이 아름답다는 걸 이제야 알겠다. 안도 다다오의 건축 앞에 선 김란기 여사는 할머니도, 엄마도, 아내도 아니라는 걸 알아서 다행이다. 아직 당신의 맘이 늙지 않아 다행이다. 당신이 내 엄마라서 참 다행이다.

조금
더 멀리,
제주로

당신과 함께
걸어서
참 다행이다

여행의 마지막 날, 하늘은 여전히 흐렸다. 제주에서 단 하루도 푸른 하늘을 보지 못했다.

"김 여사, 기도가 많이 약해졌나 보다. 어떻게 하루도 맑은 날이 없나?"

"이만하면 됐지. 그래도 비는 밤에만 왔잖아. 그것도 감사할 일이지."

정말 그랬다. 매일 흐렸지만 비는 내리지 않았다. 밤이면 빗방울이 떨어지기 시작하고 아침이면 거짓말처럼 비가 그쳤다. 엄마를 통해 보면 뭐든 긍정적으로 보인다. 당신에게 가장 배우고 싶은 점이다. 흐리긴 해도 다행히 비는 내리지 않는 제주의 하늘 아래 우리는 다시 길을 나선다. 며칠 머물렀던 숙소에도 그 사이 정이 들었는지 떠나려니 못내 아쉽다. 엄마는 이날 아침에도 빵을 예닐곱 개쯤 해치웠다. 주차장을 빠져나오는데 저만치 섭지코지와 글라스하우스, 지니어스 로사이가 보인다. 그곳에서의 경험과 감동은 아마 오래도록 잊히지 않겠지.

"저기에서 차라도 마실 걸 그랬나? 니가 좋아하는 곳인데…."

"괜찮아. 다음에는 엄마 말고 애인이랑 와서 꼭 스테이크 먹을 거야."

"제발 그래라. 내가 용돈 줄게."

짧은 시간이었지만 제법 많은 일들이 일어났다. 김녕미로공원에서, 해녀의 집과 지니어스 로사이까지. 종잡을 수 없던 엄마와의 여행이었다. 다정하기만 한 모자였던 지난 1년의 여행보다 갈등이 섞인 제주에서의 며칠이 내겐 더 놀라웠다. 엄마도 그랬을까. 지니어스 로사이의 감동이 엄마에게도 새로운 세계였을까. 나만의 착각은 아니었을까. 어제 일인데 벌써 잘 모르겠다. 이젠 안다고 자신할 수 있는 게 없다는 것만을 알겠다.

당연하지만, 내 생각과 엄마의 생각은 다를 수 있다. 어제 당신의 모습은 단순히 색다른 것을 본 신기함의 표현이었을 수도 있겠지. 그래도 내 눈에 그녀는 진지해 보였으니 그렇게 믿는다. 삶을 뒤흔들 만큼 엄청난 파고는 아닐지라도 앞으로도 엄마가 그런 기쁨을 잔뜩 느끼면 좋겠다. 당신 스스로 그런 것들을 많이 찾아내면 좋겠다. 당신 마음에 커다랗고 건강한 눈이 있다는 걸 잊지 않았으면 좋겠다.

그 눈빛이 당신 집의 열쇠라면 좋겠다. 주택도 있고 빌라도 있고 아파트도 있을 것이다. 가난한 집도 있고 부유한 집도 있을 것이다. 육체의 집이거나 마음의 집이거나, 잃어버린 집이거나 찾아야 할 집도 있겠지. 물론 울었던 그날의 엄마처럼 돌아가고 싶지 않은 집도 있겠지. 인간사의 희로애락이 녹아든 무수한 집들이 있겠지. 이제는 당신이 그 집을 지을 수 있는 사람이라는 것도 알았으면 좋겠다. 당신 스스로 당신의 집을 지어가면 좋겠다. 충분히 그런 능력을 가졌으니까. 나는 이제 그 힘을 믿을 수 있다. 그럼 나도 편하게 엄마의 집에 가서 쉴 수 있을 것이다. 왠지 그 집에 나도 벽돌 하나 미리 쌓아둔 것 같아 기분이 좋다. 현실보다 아름답고 단단한 집이면 좋겠다.

그간 줄곧 제주 동쪽 지역만 다녔으니 마지막 날은 남쪽으로 움직여보기로 했다. 차를 달리기에 앞서 가볍게 식사를 했다. 엄마가 불쑥 말한다.

"첫날 도착해서 점심 먹으러 갔던 식당 있잖아. 거기가 제일 맛있었어. 비싼 줄 알았는데 제주 식당 가격이 다 비슷하네. 니 말 좀 더 잘 들을걸 그랬다."

"아들 말 잘 들어서 해 될 거 없다는 거 언제쯤 아실까. 아휴, 우리 김 여사는 언제쯤 철이 들까."

서귀포를 향해 차를 달린다. 바다를 끼고 이어지는 신사리해안도로를 미끄러지듯 달린다. 네비게이션도 무시한다. 어림짐작으로 해변을 낀 도로를 따라 조금씩 제주의 남쪽으로 향한다. 바다는 고요하다. 물빛을 반사하며 차는 천천히 움직인다. 며칠 봤더니 벌써 익숙해진 바다다. 어느 방파제 앞에 잠깐 차를 세우고 함께 바다를 바라본다.

"야, 지구가 온통 바다 같다. 끝에서 끝까지 모두 바다야. 그래서 지구가 둥글다고 하나."

타원을 그리며 둥글게 퍼져나가는 수평선을 보니 엄마 말처럼 온 세상에 바다만 있는 듯했다. 온 세상이 푸르다. 바다는 가볍게 춤을 추며 넘실댄다.

"제주는 아주 많은 색깔이 있다고 그랬어. 맑은 날에는 맑은 날의 제주가 있고, 흐린 날에는 또 흐린 날의 제주가 있대. 비 오는 날에는 비 오는 날의 제주가 있고, 눈 오는 날에는 또 눈 오는 날의 제주가 있고. 그 모습이 다 다르다고 하더라. 그래서 제주는 한두 번 와서는 알 수가 없는 섬이라고 했어. 출장 왔다가 제주 사람한테 들은 말이야."

나는 운이 좋게도 남들보다 제주에 올 일이 많았다. 고등학교 수학여행을 제주로 왔고 대학교 졸업여행도 제주로 왔다. 군대 후임병이 제주에 살아 놀러간 적도 있다. 아침에 와서 저녁에 올라간 날도 있고 일주일쯤 머문 적도 있다. 혼자 내려온 적도 있고 친구들과 함께 온 적도 있다. 출장도 잦았고 우연찮은 여행도 잦았다. 그렇게 오가며 제주의 다채로운 모습을 봤다. 올 때마다 제주는 매번 달랐다.

"다음에 오면 한라산에도 올라가고 싶다."

엄마가 자신의 바람을 말한다. 고맙다. 당신이 하고 싶고, 가고 싶고, 먹고 싶은 것들을 좀 더 자유롭게 말해주면 좋겠다.

"그래, 다음에 오면 한라산에 가자."

우리는 언제일지 모를 다음 여행을 약속한다. 꼭 지키고 싶은 약속이다. 한참 바다를 바라보며 이런저런 이야기를 나눈다.

"아, 맞다. 엄마, 아버지랑 신혼여행은 어디로 갔었나?"

"판문점."

잘못 들었나 싶어 다시 묻는다.

"어디?"

"판문점. 서울. 기차 타고 갔다 왔어. 그때는 다 그랬어."

엄마와 아버지의 신혼여행 이야기는 처음 듣는다.

"참 복도 없지. 2박 3일 일정으로 갔거든. 그런데 계엄령이 선포돼서 판문점도 못 가고 1박 2일 만에 돌아왔어. 택시를 타고 휴전선 근처까지 갔다가 돌아왔잖아. 서울에 있는 여관에서 하룻밤 자고 돈까스 먹고 왔지. 나중에 니들 아빠가 '맛있게 먹었잖아'라고 그러는데 나는 무슨 맛이었는지 기억도 안 나. 느끼해서 김치 시켰던 건 생각난다."

부모님은 1972년 10월 17일에 결혼했다. 그 유명한 시월유신이 있던 날이다. 박정희 전 대통령이 장기 집권을 위해 계엄령을 선포한 날이었다. 내게 역사를 관통하는 어른들의 삶은 소설 속의 이야기처럼 현실감이 없다. 똑같은 10월 17일이라는 걸 알고 있으면서도 시월유신이 내 부모의 결혼식과 같은 날이라고는 한 번도 생각해본 적이 없다. 내 부모도 역동의 세월을 직접 살아낸 이들이었구나. 그리고 보니 아버지는 1945년 7월 23일에 태어났다. 광복을 20일쯤 앞둔 날이다. 엄마는 1949년에 태어났으니 두 살 때 한국전쟁을 겪었겠구나. 내 부모의 인생을 내가 태어난 이후부터 셈하는 이상한 버릇은 언제부터 생겼을까. 왜 지금껏 그분들의 삶이 내 생일 이후부터라고 여겼을까. 부모가 아니라 자식이라 그런가.

"신혼여행 사진은 한 번도 못 봤는데?"

"몰라. 빌린 택시 앞에서 딱 한 장 찍고 나서 카메라마저 고장났잖아. 그 한 장도 지금은 어디 있나 모르겠다."

나는 단 한 장뿐이라는 그 사진이 궁금해졌다. 사랑하는 사람을 만나 두 사람만의 가정을 만들기로 약속하고 나선 첫 여행에서, 엄마는 어떤 옷을 입고 어떤 표정을 짓고 있었을까. 내 나이만큼이나 지난 세월. 그 기억 속에는 스물네 살의 젊고 고운 엄마가 있겠구나. 건장하고 씩씩한 아버지도 있겠지. 자연스레 같이 오지 못한 아버지와 동생 이야기가 나온다. 나의 결혼에 대한 이야기도 빠지지 않는다. 나는 엄마의 바람만큼 당신이 좋은 인생을 만나기를 바란다.

얼마나 있었을까. 먼 바다의 하늘에서 구름 사이로 햇빛이 살짝 손을 내밀었다. 빛은 하늘에서 내려와 수평선 위로 떨어졌다. 작은 별빛들이 구멍 난 하늘에서 한꺼번에 쏟아진 듯했다. 긴 수평선 위로 빛들이 은구슬처럼 모여 조잘거렸다. 제주에서 본 첫 햇살이다. 드라마나 영화에서 이런 장면이 나올

때면 늘 현실감이 없다 했었는데. 살다 보면 현실감이란 게 우스워질 때가
있다.

"봤지? 엄마 기도, 아직 안 죽었어. 결국 햇빛 보고 가잖아."

구름들이 빛에 길을 내주고 사위가 조금씩 밝아진다. 나는 꼭꼭 숨겨두었
던 마지막 여행지를 꺼내들었다. 간밤에 비가 내린데다 계속 흐려서 다음을
기약하며 남겨둔 곳. 무엇보다 엄마란 존재 앞에서 겸손해지고 나니 쉽사리
꺼내 말할 수 없었던 어떤 엄마의 집.

"엄마! 우리 말미오름에 가자! 올레, 올레."

올레는 집 앞을 뜻하는 제주의 방언이다. 큰길에서 집으로 이어지는 긴 골
목을 그리 일렀다. 엄마들의 삶이 가장 깊숙이 녹아든 길. 남편을 배웅하고
자식을 기다리며 또 어느 날에는 자신의 엄마를 그리워하며, 엄마들은 그 길
에 서 있었다. 올레를 연 『제주걷기여행』의 서명숙 작가도 그랬겠지. 예전에
그녀가 독자들과 함께하는 여행을 취재 삼아 동행한 적이 있다. 그녀는 작고
단단한 집시 같은 여인이었다. 엄마보다 훨씬 강해 보였고 힘차 보였다. 아
마도 그이가 쓴 책을 읽지 않았다면 시사 주간지의 첫 여성 편집장까지 지낸
그녀를 그렇게만 오해했으리라.

『제주걷기여행』은 산티아고로 떠나기까지의 과정과 그 여행에서 돌아와

고향 제주에, 제주의 산티아고라 불리는 올레길을 열어가기까지의 과정을 담은 책이다. 그 행로 속에서 그녀는 시사 잡지의 편집장도, 거침없이 자신만의 세계를 창조해가는 커리어우먼도 아니었다. 그저 한 집안의 아내였고 엄마였으며 여자였다. 누구나 그러하듯 삶이 주는 알 수 없는 무력함을 견디려 노력하는 사람이었다. 삶의 방식과 생활의 모습은 다르지만 그 모습은 내 엄마와 다름없었다.

책에서 가장 기억에 남는 대목은 지은이가 아들과 나눈 대화였다. 회사를 그만두고 산티아고로 떠나겠냐는 그녀의 결심을 모두가 반대했다 마흔아홉이라는 적잖은 나이, 머나먼 이국, 줄곧 걸어야 하는 장대한 여정에 모두 걱정만 했다. 그때 유일하게 그녀를 응원해준 이가 그녀의 아들이었다.

"엄마, 걱정 마요. 엄마는 여행 갈 자격이 충분히 있으니까."

그녀가 산티아고로 떠날 수 있는 용기를 준 건, 그녀가 고향 제주에 올레길을 열 수 있는 계기를 마련해준 건, 아들의 그 한마디일지도 모른다. 그래서 나는 제주에 사는 '엄마'가 만든 여자의 길, 엄마의 길, 올레길을 내 엄마에게도 보여주고 싶었다. 그 길을 연 사람의 사연을 구구절절 말하지 않더라도 엄마는 마음으로 알아챌 수 있으리라. 내가 엄마에게 하고 싶은 말들을 저 올레길들이 대신 해주리라. 모든 구간을 다 돌아볼 수는 없어도 내 기억에 생생하게 남아 있는 말미오름의 비경만은 꼭 보여주고 싶었다. 사흘 만에 얼굴을 내민 햇빛의 응원에 마음이 급해졌다.

시흥초등학교에 차를 세우고 말미오름을 향해 나선다. 까만 돌담길이 곱다. 제주의 돌담은 부러 바람의 길을 비워놓는다. 듬성듬성 길을 열어놓아 바람이 아무리 불어도 무너지지 않고 잘 버틴다. 그러고 보면 엄마들도 돌담처럼 마음에 듬성듬성 바람길을 열고 사는 존재다. 돌담 너머로는 당근의 잔해들이 흩뿌려져 있다. 모자와 수건으로 얼굴을 가린 제주의 아주망들이 삶을 일구고 있다. 또 다른 엄마들. 김 여사는 그네들의 한해 농사가 잘 되길 기원했다. 우리는 그렇게 한 걸음씩 느리지도 빠르지도 않게 올레길을 걸었다. 마치 고향 서천의 둑을 걷고 뒷산을 오르듯이.

"야, 여기 이런 게 있네."

엄마가 길가의 나무 곁에 걸음을 멈춘다. 앵두처럼 빨간 열매가 달려 있다.

"그게 뭔데?"

"보리독. 먹을 수 있는 거야. 못 먹어봤지? 어릴 때 많이 따먹었는데."

보리독 열매 하나를 따서 씹더니 도로 뱉고 만다.

"옛날에는 맛있게 먹었는데. 이젠 못 먹겠다."

또 얼마를 걸었을까. 이번에는 한쪽 길가로 달려간다.

"어머, 웬 쑥이 이렇게 많이 났냐. 이거 다 뜯어 가면 좋겠다."

자리에 앉아 갖고 가지도 못할 쑥을 신나게 뜯는다. 나는 당신 곁에 앉아 신기한 보리독을 살피듯 쑥도 새삼스럽게 바라본다. 조금 더 걸어가자 비로소 말미오름의 시작을 알리는 산길이 열린다. 산으로 난 길은 걷기에 불편함이 없도록 단단하게 다져져 있다.

"여기, 파란색과 노란색이 올레길을 가르쳐주는 표시야. 이거 보고 다들 따라 걸어가. 그럼 처음 오는 사람도 어렵잖게 찾아갈 수 있어. 걸어서 제주를 반 바퀴쯤 돌 수 있대."

"이 길을 그 책 쓴 사람이 다 만들었다는 거나?"

"어, 동생 도움도 받고 주변 사람들 도움도 받아가면서. 그래서 여자들이 많이 와. 아줌마도 오고 아가씨도 오고. 친구들끼리 오기도 하고. 신혼부부가 오기도 하고 심하게 병을 앓았던 아줌마도 오고. 다섯 살 먹은 꼬맹이랑 일흔다섯 할머니도 오고."

왠지 그 길 위에서 많은 여인들이 위로를 얻었다는 말은 나오지 않는다. 엄마 앞에서 '위로'라는 말을 꺼내는 순간, 당신의 삶이 정말 위로받아야 하는 것이 될까 봐.

"정말 대단한 사람이구나."

"엄마도 대단한 사람이야."

나는 진심으로 말해주었다. 내겐 엄마도 정말 대단한 사람이다. 내가 아는 누구보다도 강한 여자다. 강건한 온유함으로 사람들의 마음을 다독인다. 남의 일도 당신의 일처럼 같이 기뻐하고 같이 울어준다. 산다는 게 진흙탕 같아도 내 엄마는 그 가운데서 반짝이는 진주를 찾아낼 것이다. 나는 살면서 엄마의 그런 모습을 무수히 목격해왔다. 그런 사건들이 가르쳐준 교훈이 나를 지탱해왔다고 믿는다. 그 대단한 사람이 나를 앞서 걷는다. 예순한 살이라고는 믿어지지 않는 힘찬 발걸음. 당신은 평생 당신의 뒷모습을 본 적이 없겠지. 그러니 당신이 얼마나 힘차게 걸어왔는지 모르겠지. 하지만 나는 안다. 모래 주머니처럼 그 걸음을 무겁게 했던 나의 지난 세월이 미안할 뿐이다.

날은 다시 흐려졌다. 그래도 엄마의 말처럼 비는 내리지 않는다. 엄마의 걸음도 조금은 가벼워진 것 같다. 나는 변함없이 모래주머니처럼 엄마의 뒤를 따른다. 엄마에게 나라는 존재도 조금은 가벼워졌으려나. 행여 모래를 덜기는커녕 더 채우지는 않았을까. 울고 싶어지는 마음을 다잡기 위해 괜히 불러본다.

"김 여사, 좋으나?"

엄마가
편지를
보냈다

집으로 돌아오는 비행기 안에서 엄마는 울었다. 뒷자리에 탔던 꼬마 때문이다. 그 녀석이 자꾸만 발길질을 하는 바람에 엄마의 좌석이 울렸다. 주의를 줄 요량으로 뒤를 돌아보던 엄마는 녀석과 눈을 맞추고는 활짝 웃었다. "이름이 뭐야, 몇 살이야"라고 묻더니 발길질하지 말라는 말은 하지도 않고 돌아앉았다. 그러더니 갑자기 울기 시작했다.

"왜 울어?"

"쟤 보니까 갑자기 시온이 생각이 나잖아. 혜영이 보러 호주에 갔다가 비행기 타고 돌아오던 생각이 나네. 니 동생은 왜 그 멀리까지 가서는…."

그도 잠시, 금세 눈물을 닦고는 애써 웃음 짓는다.

"니 엄마, 주책이지. 즐겁게 여행하고 오면서 울기나 하고."

"아니 다행이네."

그렇게 우리는 다시 일상으로 날아갔다. 그래도 제주 여행은 엄마에게 좋은 추억으로 남은 모양이다. 얼마간 엄마는 여행 다녀온 힘으로 사는 것 같았다. 가끔 내게 전화를 걸어서는 갈치조림 이야기도 꺼내고, 김녕미로공원의 스릴 넘치는 이야기도 꺼낸다. 지니어스 로사이를 지은 건축가의 이름이 '안노 다나오'가 맞냐고 묻기도 한다. '안도 다다오'라고 정정해주었지만, 아마 며칠이 지나면 다시 물을지도 모르겠다.

"거기 또 가고 싶다. 유채꽃 참 예뻤는데. 근데 그 미로공원은 돈 주고 가라 그래도 안 간다."

엄마와 공유할 수 있는 추억이 늘어 기쁘다. 엄마와 할 이야기가 늘어나 기쁘다. 대화가 길어질수록 내 속에 있는 이야기를 더 많이 들려주고 더 많이 들을 수 있을 것이다.

어느 날 집에 내려갔더니 달력 한 장을 찢어서 뒷면에 휘갈기듯 써내려 간 글이 있었다. 엄마의 화장대 앞에 몇 번 접힌 종이의 틈새로 글자들이 들어왔다. 엄마의 편지다. 엄마가 나에게 쓴 편지다. 그 편지를 읽고 나니 조금 더 확신이 생겼다.

엄마를 너무 너무 행복하고 즐겁게 해준 내 아들 상준에게

엄마 최고의 생일날. 비행기를 타고 구름 위로 날던 아들과의 제주도 여행이 지금도 문득 생각난다. 그때 여행을 떠올리면 즐거운 기억이 한 편의

영화처럼 지나간다. 역시 여행은 좋아. 제주 여행을 추억 삼아 마냥 생각에 잠기기도 해. 그래도 제주도까지 가서 밤에 니가 일해야 했을 때는 마음이 아팠어. 그래서 밤에 잠이 안 오더라. 또 온 가족이 못 가서 섭섭했어. 다음에는 걸어 다니는 종합병원 남편과 시온(조카)이네 식구와 같이 제주도 가자. 그 때는 김성용(매제)이 운전하면 되겠다.

제주 여행은 내 마음에 오래도록 간직될 것 같다. 진주알같이 아름다운 바다, 엄마의 소원을 다 들어줄 것 같은 바다, 눈으로 담기엔 한참 모자라게 드넓고 잔산하던 바다. 바람에 흔들리며 나에게 손짓하던 노란 유채꽃, 그리고 천혜향. 참 맛있게 먹었고 지금도 생각난다. 성산 휘닉스 아일랜드, 제주도의 5일장, 또 미로 여행도 떠올라. 다음엔 꼭 길 찾아서 종치고 올 거야. 서울에 도착할 때 비행기 창으로 보이는 화려하고 찬란한 서울의 불빛은 커다란 크리스마스트리처럼 아름다웠어. 안도 다다오 씨가 지은 신비한 건축물(명상센터) 안에 있던 나무 영상도 생각난다. 너는 무슨 생각을 했니? 엄만 우리 가족이 건강하고 행복하기를 바랐어. 작품 속에서 꽃이 한 잎, 두 잎 떨어져 앙상한 나무가 됐을 때는 다가올 내 앞날을 보는 것 같았어. 너희들에게 더 잘해주지 못한 것이 미안했어. 앞으로 더 잘해줄게. 항상 고맙고 감사해. 옛날에 책도 많이 못 사줬는데 니가 어떻게 글 쓰는 작가가 됐는지, 참 감사한 일이야.

힘들 때도 있겠지만 행복은 스스로 찾아가며 사는 거야. 그게 바로 행복이야. 열심히 뛰어. 엄마가 밀어줄게. 살다 보면 육체적으로, 정신적으로 굉장히 힘들 때가 있지만 언제나 내일보다 오늘이 중요하다는 것 잊지 말고.

우리 아들 고맙고 사랑한다. 늘 어떻게 해야 엄마를 행복하게 해줄 수 있을까 생각하는 아들. 하나님이 너에게 많은 축복을 주실 거야. 아들아. 외롭고 힘들 때도 있지만 고난 중에도 끊임없이 감사의 제목을 찾고 항상 기분 좋은 생각하며 힘내자. 엄마는 아들 상준이와 딸 혜영이를 내 자식으로 보내주신 것에 늘 감사한다. 웃음이 가득한 세상을 만들어가자꾸나. 웃어 보자. 크게 하하! 모든 일에 최선을 다하자. 우리 함께 늘 행복하게 살자.

'엄마를 너무 너무 행복하고 즐겁게 해준 내 아들 상준에게'로 시작하는 편지에서, 엄마는 몇 번이고 '행복했다'고 적었다. 내게 연신 '고맙다'는 말을 반복했다. 당신이 행복했다면 내게 더 고마운 일이다. 제주의 푸른 바다가, 노란 유채꽃이, 안도 다다오의 건축과 예술이, 심지어 나를 당황하게 만들었던 김녕미로공원의 길 찾기마저 행복한 기억으로 남았다니 다행한 일이다. 그런데 나는 유독 '미안하다'는 말이 자꾸 눈에 들어왔다. 지니어스 로사이에서 미디어아트 작품 「다이어리」를 보며, 낙엽이 지는 나무를 보며 당신은 남은 인생을 떠올렸구나. 평생 주고도 모자라 잘해주지 못한 것이 미안했구나. 그저 뭉클했다. 내가 해야 마땅한 말들을 엄마가 하고 있었다. 중학교만 갔어도 인생이 달라졌을 거라더니. 초등학교밖에 못 나온 당신의 편지가 명색이 작가인 아들의 마음을 이리도 짠하게 만들었다는 걸 알기나 할까. 내게는 당신의 편지가 어떤 소설, 어떤 드라마보다 값지고 귀한 글이라는 것을 알기나 할까.

　나는 기쁘다. 우리가 공유할 수 있는 추억이 늘어 기쁘다. 엄마와 긴 대화를 할 수 있는 소재가 늘어나서 좋다. 엄마도 그럴 테지. 아마 그렇게 이야기를 하다 보면 언젠가는 속에만 있던 진심을 더 많이 나눌 수 있겠지. 그렇게 우리는 점점 더 가까워지고, 잠시 멀어져도 서로를 믿는 마음이 한결 튼튼해지리라. 안쓰럽거나 미안한 마음 같은 건 내려놓고, 각자의 인생을 온전하게 걸어갈 수 있게 되리라. 당신의 말처럼 행복은 스스로 찾아야 하는 것이니까. 엄마의 집에는 스스로 찾아낸 다부진 행복이 매일매일 늘어나고 쌓이면 좋겠다. 그리하여 어느 날엔가 내가 내 집을 찾지 못해 헤맬 때, 엄마가 나를 불러주면 좋겠다.

　"아들, 우리 여행 가자!"

얼마나 있었을까.
먼 바다의 하늘에서 구름 사이로 햇빛이 살짝 손을 내밀었다.
긴 수평선 위로 빛들이 은구슬처럼 모여 조잘거린다.
제주에서 보는 첫 햇살이다.
드라마나 영화에서 이런 장면이 나올 때면 늘 현실감이 없다 했는데,
살다 보면 현실감이란 게 우스워질 때가 있다.

제주의 돌담은 부러 바람의 길을 비워놓는다.
듬성듬성 길을 열어놓아 바람이 아무리 불어도
무너지지 않고 잘 버틴다. 그러고 보면 엄마들도 돌담처럼
마음에 듬성듬성 바람길을 열고 사는 존재다.
돌담 너머로는 당근의 잔해들이 흩뿌려져 있다.
모자와 수건으로 얼굴을 가린 제주의 아주망들이 삶을 일구고 있다.
또 다른 엄마들.

나는 제주에 사는 '엄마'가 만든 여자의 길, 엄마의 길,
올레길을 내 엄마에게도 보여주고 싶었다.
그 길을 연 사람의 사연을 구구절절 말하지 않더라도
엄마는 마음으로 알아챌 수 있으리라.

산다는 게 진흙탕 같아도 엄마는 그 가운데서 반짝이는 진주를 찾아낸다.
나는 살면서 엄마의 그런 모습을 무수히 목격해왔다.
그런 사건들이 가르쳐준 교훈이 나를 지탱해왔다고 믿는다.
그 대단한 사람이 나를 앞서 걷는다.
엄마는 평생 당신의 뒷모습을 본 적이 없겠지.

그러니 당신이 얼마나 힘차게 걸어왔는지 모르겠지. 하지만 나는 안다.
모래주머니처럼 그 걸음을 무겁게 했던
나의 지난 세월이 미안할 뿐이다.
울고 싶어지는 마음을 다잡기 위해 괜히 불러본다.

"김 여사, 좋으나?"

엄마, 좋으나? _다시 집으로

　아버지가 떠올랐다. 이상하기도 하지. 엄마와 함께했던 여행을 돌아보고 나니 아버지의 주름진 얼굴이 떠올랐다. 결국 모든 엄마의 이야기에는 아버지가 빠질 수 없게 마련이다. 두 분이 때로 서로에게 쏟아냈던 악다구니는 긴 세월을 견뎌온 두 사람만의 비결일 것이다. 그 마지막 보루는 늘 자식들이었을 테고. 가장 두려운 위협은 자식들의 안위를 위태롭게 만드는 것이었으리라. 그러니 이 여행의 기록은 내 아버지의 이야기일 수도 있겠다. 또한 당신의 아버지, 우리의 아버지와 어머니의 마음일 수도 있겠다.

　엄마 이야기를, 엄마와 여행한 이야기를 쓰겠다고 했을 때 한 선배가 했던 말이 떠오른다. "왜 우리나라 엄마 이야기는 다 신파일까. 밝고 명랑하면 안 돼?"

　나는 맞장구를 쳤다. 그렇게 쓰지 않겠노라 다짐했다. 호언장담했다. 그런데 글을 쓰면 쓸수록 이야기는 내 결심과 무관하게 흘러갔다. 내가 아는 엄마는 늘 웃는 사람이었다. 힘들어도, 슬퍼도, 그녀는 언제나 툭툭 털고 일어섰고, 우는 대신 활짝 웃었다. 글을 쓰면서 비로소 알게 된 것이 있다. 엄마

엄마,

좋으나?

와 함께해온 순간을 복기하면서, 한 걸음 떨어져 바라보면서, 당신의 웃음이 자신과의 처절한 싸움에서 얻은 전리품이라는 것을 알았다. 또한 엄마 이야기가 신파가 될 수밖에 없는 까닭은 자식을 바라보는 모든 엄마의 마음이 결국은 신파이기 때문이란 것을 깨달았다. 그것이 못내 맘에 걸려 '궁색하게 왜 그러고 사시느냐'며 제 어미를 타박하는 것이겠지. 결국 나는 이 여행의 기록이 '울고 짜는' 신파로 읽힌다 해도 달리 할 말이 없다. 다만 내 엄마의 굳건한 인생은 결코 신파가 아니라는 것은 제대로 말하고 싶다. 기운차게, 열심히 살아온 엄마의 인생에 담긴 진짜 가치를 알아봐주면 좋겠다.

나는 1년에 대여섯 차례 고향에 내려간다. 두 번의 명절과 두 번의 부모님 생신만 해도 네 번이니, 보통의 아들과 딸 들이 고향을 찾는 횟수와 별반 다르지 않을 것이다. 당연히 엄마와의 여행도 많아야 두 달 건너 한 번씩 갔을 뿐이다. 이 여행이 마냥 착한 효자 아들이라 가능했던 것은 절대 아니라는 뜻이다. 누구나 그렇듯 내 엄마도 여행을 좋아했고, 으레 그렇듯 나 역시 집에서 가까운 곳으로 훌쩍 나들이하는 것으로 시작한 일이다. 가벼이 나선 걸음이 반복되면서 엄마의 목소리가 조금씩 들렸다. 엄마에게 내 목소리도 들려줄 수 있었다. 그 안에 담긴 서로의 마음도, 대화 중 행간의 침묵도 읽을 줄 알게 됐다.

긴 겨울을 뒤로 하고 봄의 길목에 다다른 죽령옛길에 갔던 어느 날, 한참 사진을 찍다 고개를 돌리자 먼발치에서 엄마가 휴대폰으로 사진을 찍고 있었다. 돋보기를 보듯 팔을 쭉 펴고 나에게 초점을 맞추고 있었다. 100미터 남짓한 거리였던가. 그날 엄마의 마음이 어쩐지 무척 선명하게 느껴졌다. 당신은 멀찌감치 서서 늘 나를 지켜보고 있었구나. 당신 눈에 나를 담아두려 항상 애쓰고 있구나. 나를 향한 엄마의 사랑이란 이런 거구나. 나는 저 멀리서 있는 엄마에게 말을 걸었다. 그러자 거짓말처럼 엄마의 음성이 들렸다. 엄마는 말하지 않았지만 나는 엄마의 마음을 들을 수 있었다. 엄마도 내가 건네는 말들을 들었으리라. 어설픈 내 진심도 함께. 이 짧은 여행기가 당신과 당신 엄마의 이야기와 다르지 않을 것이라고 나는 믿는다. 이 글을 읽고 당신도 당신 엄마와 여행을 떠나기를, 그리하여 서로를 좀 더 깊이 이해하고 사랑하게 되길 간절히 바란다.

"엄마야?"

"왜?"

"뭘 찍고 있나?"

"마음."

"무슨 마음?"

엄마,

.

좋으나?

"몰라, 그냥 마음."

"담을 게 있나?"

"글쎄."

"엄마야?"

"왜?"

"좋으나?"

"어."

"뭐가 좋으나?"

"몰라. 그냥 다."

"엄마야?"

"왜?"

"미안하다."

"뭐가?"

"몰라. 그냥 다."

"싱겁기는."

"엄마야."

"왜?"

"사랑한데이."

엄마, 우리 여행 가자

아들, 엄마와 함께 길을 나서다

ⓒ 박상준 2010

초판 인쇄	2010년 8월 6일
초판 발행	2010년 8월 13일

지은이	박상준
펴낸이	정민영
기획·책임편집	주상아
편 집	손희경
디자인	이현정
마케팅	이숙재
제작처	영신사

펴낸곳	(주)아트북스
출판등록	2001년 5월 18일 제406-2003-057호
브랜드	앨리스
주 소	413-756 경기도 파주시 교하읍 문발리 파주출판도시 513-8
전자우편	alice_book@naver.com
대표전화	031-955-8888
문의전화	031-955-7977(편집부) 031-955-3578(마케팅)
팩 스	031-955-8855

ISBN	978-89-6196-068-7 03810

앨리스는 (주)아트북스 출판 브랜드입니다.